夜行之子

◉郭強生／著

聯合文叢 484

目次

夜行之子

nightly

如果不能面對悲傷的眞相
快樂其實都是假的

01

夜行之子

換魂

那是他在紐約最後的一個中秋。朋友李搬了新居，據說是可以看見雙子星世貿中心的一座水濱樓閣，就在曼哈頓島頂南尖端。

和李也說不上熟稔，反倒是李每搬遷一回就又換了的一群新室友，都成了比起他跟李還常廝混的對象。這一幫人像在玩大風吹似地經年在找房子，總在不停地更換彼此之間的排列組合。他是一開始就打定了主意，窩在單房小套間雖然比不上整戶多了許多活動空間，總可以避開人跟人的心眼攻防。彼時的他尚不知恩怨也算交情的一種。

結果那天他仍然如往常迷了路。照著李給的地址，越走越偏僻，附近盡是廢棄的倉庫與黯黝的荒地。夜幕籠罩後，雙子星世貿中心如同兩枝巨大的試管，裝了幾千雙疑問的眼光。鬼打牆似地繞圈子，一抬頭就只見得同個標的，海市蜃樓般的雙峰聳立，像是把關人間的出口，現在已經回不了頭。

來接電話的是個陌生的聲音，告訴他李不在，不知道什麼時候回來。報上名字，對方教他 hold on，他才察覺口音像個老美。背景的聲喧顯示有一個派對正在某個或許不存在的地點進行著。

再來聽電話的換成了阿文。「剛才是誰？」他問。

「一個米后，」阿文說。

跟你說沿著水邊走不是嗎？阿文在一間中東人開的雜貨店裡和他碰了頭，多跑了這趟路讓他嘮叨了足足五分鐘：就在巷口了還找不到？

「今晚有我認識的人嗎？」

「我不是人？」

阿文和李是在臺灣就認識的，失散多年來到紐約意外相認，竟然睡過同一個老美。阿文博士論文才要開工，講起其他阿貓阿狗混出來的碩士學位已頗不屑。他則對臺灣已經陌生了。離開那年才十歲，先落腳鳥不生蛋阿拉巴馬州好不吝苛的叔父家，還在長個兒的那幾年，天天活存於半飢餓狀態的他，聽見臺灣來的都會怕。沒想到在紐約與彼鄉留學生竟成為一國。話又說回來，總還是比同菲律賓血統那夥娘娘腔攪和來得強。像是李就長得體面，方頭大耳，據悉曾是某偶像歌星的唱片宣傳。照阿文說法，不過是拎化妝箱的角色。

他們的過去輪不到他來置評，任他們計較去。也許只有李才是會眞正留下來的，他心裡是這麼相信。其他都是開了葷就要回國的。最後就剩他和李。所以從來他也不急，李究竟明不明白，自二人僅有且唯一的那次至今，他心裡仍有餘波蕩漾。

卻總是熟不到沒事也常聯絡的地步。「不是house warming嗎？李做主人的怎麼不在？」

阿文撇了撇嘴不予回應。

*

滿滿一屋子的人，地板跟著眾人腳步聲此起彼落也吱吱作響。起初他以爲是自己的幻覺：這屋子是斜的。等到屋頂烤肉就緒，一行人摸著牆爬樓，這才瞰清身後果眞吊橋似地斜斜躺著一排臺階。會不會這屋待會兒承受不住就塌了呢？今晚唯一的白人尾隨拾級而上時，他更禁不住如此擔心。大個子自己也覺得了，當他回頭時忽然就停下步子，做了一個側聽的表情，隨即眨眼狀甚慚愧。他沒有自我介紹繼續上路。

阿文吆喝著另外兩位新室友的名字，分別是見過幾次面的傑和初來乍到的「小不點兒」。看不出是哪兒比人家小，他一聽只想笑。「我已經和我教授見過面了，」對方自顧地發表意見：「我要做唐詩裡的性別研究。」沒有人接話。

他和阿文站在一邊等其他人先進天臺。「眞是夠討厭的。」阿文說。

「誰找來的？」

「還有誰？李那小子專搞這種名堂，說是看到人家買了一臺四十吋電視就貪人家這個。電視在哪兒？根本沒見到！反而我們一群老人家還得幫著小鬼搬家！幹了這種事結果他自己人不知道跑去哪兒了？兩、三天沒見人影！」

不會有事吧？他問。阿文說有去外賣店上工，不會有事的。

「外賣店？」

「就是以前那個香港仔室友開的那間。」

「那個香港仔不是在唸電影？」

「找到伴了，只想弄到身分留下來。唸什麼電影？」

天臺上沒見到月亮，倒是的確有番河濱景致。剛剛來時急得他只能怒目以對的雙子星世貿大樓，現在安然位於華爾街的那端，如早雪覆蓋的聖誕樹。

他忽然覺得想家。但是並沒有一個明確的方位指出家之所在。唸了兩年的經濟系，他再也無意繼續留在學校。想成爲一個演員究竟要付出多少代價他不知道。認識李，還有從臺灣來的那群唸電影、媒體的留學生之前，他已經跑了好幾年龍套。他們都說他有回臺灣發展的條件；臺灣人就吃ABC小留學生那套洋腔洋調。跟他們親近並非毫無所圖，只不過除了阿文之外，到今日他發現沒人確定自己下一步想做什麼。

他這年二十二，處女座的優柔寡斷，翻滾於自己的陰影中。

沒有賞到月不必遺憾，這樣的聚會他參加過很多次了，知道最後總有新鮮肉體當安慰獎。雖然他並不喜歡隔日清晨發現自己和別人在沙發上過夜卻無印象的感覺。

簡單的歡愉之必要。

*

那個白人不僅能懂一點中文，還會玩麻將，坐他正對門，一上桌就直嚷好像在演《喜福會》而興奮莫名，要當裡頭的「靈多阿姨」。阿文找出了原聲帶播放，一屋子立刻就嗚嗚咽然全回到了中國的碼頭。有人跟著「妹妹！我的小妹妹！」模仿著電影版本濫情演出起來。置身此境，那個白人露出中了彩券般幸福的表情。

屋裡鬧哄哄，沒人注意李是什麼時候進門的。

「吃過了沒？」阿文問。

李變得極瘦。才一個多月不見！他正要摸牌，抬頭一照面連牌都滑落了手。李的臉上漾著不耐的機警，幾近於邪惡地朝著牌桌上的人露齒微笑，彷彿逮到他們在背地幹了什麼不法勾當。皮褲皮靴，黑伶伶一片影子就此閃逝於走廊那頭。

「別管他。最近就是這麼瘋瘋癲癲！」阿文邊說邊換上了另一張CD，節奏分明的舞曲，反而這會兒氣氛開始往下沉。他瞭解不只有他覺得李瘦得離了譜。

「哇！好羨慕他現在身材變這麼好。二十八腰不到吧？」

坐他下家喚「小不點兒」的尖聲說道。一陣反胃翻騰上來，他扭過頭盯住那人的臉，突然明白什麼叫做妖孽。

「不懂他吃飯都沒錢了，還花那個冤枉錢買減肥藥？」阿文說。

他心頭悶悶地已無興致，退下了桌讓阿文接手，悄悄聲來到李的臥房門口。李背對著他正在紙箱裡翻衣服，丟出一張張皺枯的、五顏六色的假人皮堆了滿床。幾件名牌卻都用塑膠袋仔細地包好，掛在書架子的欄格上，命一樣的値錢。李的家當搬來搬去就那幾件，沒有他未見過的，包括和大牌偶像幾世紀前一張稱兄道弟的搭肩合照。李總愛回味兩人據說可能發生過的一段曖昧。

忍不住他還是問了：「Going out again?」

「噯，你們這些賤東西早都成交了，輪得到我的份？」

「Give me a break. What're you talking about?」

「那個米后喜歡你。我敢說他下面至少有六英吋。」

李的輪廓在斗室昏沉燈光中竟也瘦出了西方血統的神祕。他想起剛認識李時很喜歡對方寬寬一張臉上擺放得四平八穩的五官。李曾恨鐵不成鋼地對鏡用手想扯出一張瘦尖臉；東方種的文明病，總覺得是輸在沒有深眼窄鼻。那時他還以爲李治得好自己，沒想到此人比自己更變本加厲。

你要睡就給你嘛，他說。

李不屑跟那個小鬼搶：「不知道在臺灣憋多久了？看他那個饞相！」

李遞給他一枝手捲大麻菸，黑街的貨色。原本以爲封死的一扇窗忽地被李推開，防火梯從那兒直通樓頂。

「我們好不容易找到風景這麼棒的——」

李望著發亮的雙峰好不得意。

「這附近烏漆麻黑——」他不提差點迷路的事。

「你沒看見嗎？World Trade Center就在對面耶！」

「So?」

「我每次看見它的燈光就覺得値得了！」

他不再說什麼。

也許李不是決定留下，而是根本回不去了。雜誌總編輯、唱片企劃、電視執行製作，這些臺灣來的頭銜一個比一個響。他以爲他們會是他生命中的貴人——在美國他上哪兒去認識這些行業的角色？在這個地方他們幫不了他；他們連自己都幫不了。

霧氣自河上升起，世貿大樓的光慢慢都給吸進了濕布一樣的天幕裡，只剩模糊的兩片剪影，彷彿是他和李的身形被光反照打在了那上頭。他伸手想要撫對方的頰，中途便又抽撤了這般廉價的告白。

曾經他也像李戀著大樓睥睨雄姿一般幻見某種未來。此刻他只能想見李的二十八腰對白人來說是多麼珍奇的玩物。在那一刻他終於瞭解來的時候找不到路如此恐懼的感覺是爲何。李不會是最後一個他就這樣眼睜睜看著歷經形銷魂喪，終止於異鄉一個無人門牌宿命的故事。在路上他每一抬頭，望見一直變換著方位的巨廈，覺得手裡的那個地址根本不可能存在。也許所有的人都已被關進了那兩棟樓中某個密窖裡。所有他曾經喜歡過，卻在這個城裡莫名其妙就失去聯絡的人，說不定都像俘虜一樣全被囚禁。肉體的地獄。無休止的垂涎與反覆的污辱。他們被集體綑綁，彼此吸吮。只有等到某日巨廈轟然引爆，煉獄曝光，他們才有機會被釋放。魂飛魄散可還能超生？

他扳過李的臉，粗暴地吻起對方的耳朵，直到李猛力將他推倒。他決心今晚無論如何不讓對方出得了門，在雙子星的陰影中，他努力耗盡對方之後從容地下樓告辭，不再想起被他棄留天臺之頂、嚶嚶而泣的替身。

*

李又搬了，這次因為他欠房租。

李搬去了上東城，結果那是一個二房東一屋二租的騙局。

李搬去了布魯克林不久就遭歹徒入屋洗劫。

李更瘦，也許已經跟減肥藥沒有關係。

李還是一個人。追不到金髮碧眼的，就改貼波多黎哥弟弟。

凡此云云，都只是從他處片段輾轉聽說的消息。

雙子星爆炸發生之時，加州還是清晨，他正在準備前往片場，這是他生平第一個有臺詞的角色。他的車怎麼也發動不了，頓時腦中一片熊熊像失火。這麼多年過去了，這還是頭一回想到李。

忽然相信李已經死了。

也許原本會發生在自己身上。
他決定再試著發動一次。

02

夜行之子

女巫

「幫我上去看看人多不多，好不好？」李說。

他沒辦法正眼瞧小珊，拿了眉筆的手像執著手術刀，正瞄準了左眼的下眼眶。從鏡裡的反照中，李的表情像死人，受驚嚇過度而暴斃的那種，眼球上翻，嘴角微張下垂，整張臉僵著。每次他在畫眼線的時候都是這種表情。她自己從不畫眼線，年過三十以後才剛學著上眼影，覺得做女人眞麻煩。

「你要喝什麼嗎？」她走到樓梯口回頭問。沒有反應。李正描到一半，猛一看像是在割自己的眼球。停了數秒才聽見一聲：「嗯哼。」

迎面而來是那個菲律賓人（艾瑞克？派崔克？）一個已完工的成品，想必扮的是惠妮休斯頓。小珊讓路給對方先過，換來一聲沾了蜜的：「Thank you, darling.」那身行頭！亮片周身大放異彩，小珊感覺煙火在身邊炸放，目不暇給，活色生香。李的《綠野仙蹤》桃樂蒂，紅白格蓬蓬布裙配兩條小辮子，相形太不專業。

小珊上了一樓，立刻被人海包圍，英語廣東話泰語韓文塞得像交通顚峰，想擠近吧檯簡直無望。

*

這次回紐約是跟德昌一道，他正好要來出差，前一天已經先回臺北，一到家就來了電話：「週末呢！晚上要去哪？」她只說和李有約。德昌喔了一聲，接不下話。小珊不怪他。依他從小一板一眼的家教，能接受她有「那樣的」朋友已算是夠體貼。

和李一道晚餐那天，德昌一度問起來李現在在哪兒工作。李一定以爲德昌在揶揄他，殊不知她從來都沒跟德昌提過；她說不出口。而他義正辭嚴的那套性別論述和酷兒革命那一刻完全派不上用場，自尊心受了傷。「我在，嗯，一家廣告公司。」他說。

「是中國人還是美國人的公司呢？喔，中國人的，那還是回臺灣比較好，小珊，妳說是吧？不過你在這裡會比較自在，我想。對不起，我的意思是——

小珊的朋友也是我的朋友，這點李先生你千萬不要誤會……」

沒人注意德昌在說些什麼。她和李用叉子一小口一小口挑著盤裡的義大利千層麵，他們一直都會點相同的菜。但是有些事情，她知道，之後再也不會一樣了。

飯後李陪他們走回旅館。萊辛頓大道上的「W」威士忌飯店，大門口開門的服務生個個長得像電影明星。她自己從未被人視為美女，但是她從紐約這些貌可傾城的男性服務生身上悟出了些什麼。知道自己美麗也許是一種不幸。當太多美麗的人都集中在一起，美麗便變質成為另一種東西。一種焦慮；一種疾病。帶著殘忍以及自殘的一種勾引，像等著被啓動的病毒。

李連在這裡開門都不夠格！她對自己突然閃過的這個念頭感到震驚。

當年他們都才大學畢業，在同一家唱片公司當宣傳的時候，李的濃眉大眼與修長的身材幾乎讓她嫉妒，經過之處必留痕跡——他是誰？問號連連尾隨，連公司派給李的大牌歌手不時都反過來討好，愈是想迴避招惹的目光愈是不能。那時候公司上下都在傳言，內情只有她知，李總是當她做知己慇慇傾吐，說到大牌要與他分手時痛哭流涕。幾個月後李便辭職去了紐約。

同樣是二十五歲的那年，李卻已經歷並且嘗試了她做夢都不敢想的事情。她才知道自己愛著李，愛他給予的特殊溫柔。

現在的李有種憔悴。不是老，就是一種無光澤的清秀，彷彿打了稿卻忘了上色的畫像。德昌先上樓去了，他們在飯店大廳道晚安，牽牽掛掛，要分不分。也許他在等著自己提議請他酒吧坐坐，小珊暗想。她卻賭氣似地始終不說。李終於忍無可忍，開始在她面前肆無忌憚瀏覽起那些男服務生。

「我和他年底結婚。」本想回去之後鄭重寫一封信給李，結果最後還是當面說了。「你會來參加婚禮嗎？」

李瞄了她一眼：「你們住這麼豪華的飯店，公司出錢嗎？」

*

她空著手回到地下室。「比昨天人還多。」她說。

「那就好。」李似乎也忘了飲料的事：「七月的時候多慘啊！人全都到Fire Island去了。連Gay Parade週末也沒幾個人。九四年的時候好熱鬧，記得不？妳第一次來紐約的時候，那時還有Wigstock……一年不如一年了。」

李拍拍手撣掉殘留的粉，對著鏡又撥了撥瀏海。桌上放了一隻黑色玩具狗，李抓起抱在懷裡，站起身擺個姿勢，桃樂蒂與Toto於焉完工。我想我們不是在堪薩斯了，多多。小珊幫忙加上旁白，《綠野仙蹤》中的經典臺詞。

「投降吧，桃樂蒂！」李裝起壞女巫的尖笑，扎開十指朝小珊做施咒狀。

那年夏季的Wigstock……

李的室友們都是臺灣來的，愛玩會鬧，起鬨要參與盛會，一方面替她接風，也幫交到男友就要搬出的阿文送行。紐約最大的扮裝舞會哪，從未下過海的他們忙了整整一星期。阿文亂裹了一身假髮義乳，黏上金閃閃的假睫毛，說有多可笑就有多可笑。李走的是誇張戲劇化路線，擔心萬一亂眞壞了名聲。這是藝術與變裝癖的差別，他說，最後扮成了科學怪人的新娘。

我也要扮麼？小珊猶豫著。幾個大男生七嘴八舌替她出主意：楊貴妃？哎老美哪知道那是誰？那梅惠絲好了？說得出的全是豐胸厚臀。她看著他們在她身邊追著打著，窗口插的彩虹旗在夏日的藍天下飄，那時的她連男朋友都還沒交過，不知道自己到底錯過了什麼。智慧嗎？勇氣嗎？還是更有能力去愛的一顆心？

她想到了有錫人、獅子、稻草人爲伴的桃樂蒂，原來那是爲她這樣的女子而寫的童話。打起辮子，穿上了紅白格蓬蓬布裙，學著電影裡大家手勾手，一步一蹦在黃磚路上的畫面，她在他們的簇擁下浩浩蕩蕩上了地下鐵。

（我想我們不是在紐約了我們的紐約是熱鬧無憂的不是像現在你白天在中餐館接外賣電話週末穿上桃樂蒂的道具服裝在酒吧裡娛樂一屋子等著待會兒一夜情的白種男人賺取門票抽成好付房租的紐約）

沒有翡翠城。沒有大法師。壞女巫們正在飲酒作樂。李別的不扮偏偏要挑《綠野仙蹤》的桃樂蒂！小珊氣他怎麼可以這樣背叛她。

李上場的時候到了。沒有興奮或期待，他拿張面紙吐掉口香糖，叫小珊到前臺去看表演。

她低頭望見李的腳，白色短襪外面套上紅亮片高跟鞋。故事終了，桃樂蒂併起腳，紅寶石鞋鞋跟敲三下便回到了她的堪薩斯。

小珊下意識合攏自己的腳跟。

*

「今天我們要好好的玩！」

主持人一襲黑色雪舫，曲線畢露的低胸晚禮服，美豔之至，除了一開口那酒精泡過的破啞嗓子。「喜歡我嗎？」女丑與維納斯的混種，全場沒兩下就被逗笑了：「我美不美？」眾人紛紛鼓掌。「有沒有人想帶我回家？在場有沒有睡過女人的？……喔寶貝，妳是婆，請把手放下。喔那位，你是嗎？叫什麼名字？……迪克?!對不起，德瑞克！女人有那麼好嗎？我有你女朋友沒有的喲——」

口哨聲四起，叫德瑞克的男子說他不想知道。主持人朝他吐舌頭，黏了血紅長指甲的手順勢胸口一抓：「大奶奶！我說的是我有人奶奶，你想到哪裡去了？……咦？我又看到妳了。寶貝，妳昨天也在不是嗎？妳是faghag嗎？——」

聚光燈切過一顆顆腦袋，凍結在小珊無言訕笑的臉上。「不是？妳確定？妳最好的朋友不是gay？妳畢業舞會不是跟gay去的？也是他教妳畫妝的對不對？」全場哄笑。

（我爲什麼在這裡我怎會在這裡）

客人全向前臺擠了，吧檯此時空出了容身之處。赤著上身的酒保有張不苟言笑的臉，在這個不論老少美醜，皆把媚笑當化妝品抹的奇景中，這個年輕的東方酒保突然令小珊覺得可親。

「我朋友待會兒上臺表演。」她看著酒保熟練地把一杯cosmopolitan倒進三角杯裡，恰恰好的份量滴至全滿。「他以前不是這樣的。他以前——你知道《綠野仙蹤》裡的桃樂蒂吧？以前我覺得他像錫人，我就像桃樂蒂。」

（但是有好久一段時間我忘了誰借走了我的紅寶石鞋原來是在他手上是他穿走了我的紅寶石鞋）

自嘲一笑。「壞女巫究竟爲什麼想要搶走桃樂蒂的紅寶石鞋？你記得故事的細節嗎？……」

酒保並無反應。「對啦！紅寶石鞋本來是壞女巫姊姊的，桃樂蒂家的老屋從天上掉下來的時候不小心就砸死了壞女巫的姊姊。他們怎麼可以就拿走人家的鞋子呢？也許好女巫並不那麼善良，你有想過嗎？她爲什麼不一開始就告訴桃樂蒂，紅寶石鞋有魔法可以送她回家？她只是利用桃樂蒂去殺壞女巫嗎？童話的世界比眞實人生還要黑暗，是這樣嗎……」

一直沉默的酒保終於狐疑地抬起頭。「這杯店裡請客，」他說，像下令似地。

＊

李在門口找到了正在抽菸的小珊。看見他瘦伶伶地朝她走來的身影，小珊摔掉還剩半枝的菸頭，任那最後一點火星在人行道上自滅，一絲餘息欷歔。

「明天回去了。你要好好照顧自己。」

「嘿，不必爲我擔心好不好？妳只是臺灣住久了，不習慣這兒的一種過日子的方式。不是每個人都適合四平八穩的生活……要回旅館了嗎？」

不用送了，她想說。她希望他能讓她一個人走。

李把唇貼近她的耳畔，彷彿又回到從前，每當他有祕密要分享：「我——

可不可以跟妳借房間？兩個小時就好。」

「什麼？」

「他連續三個禮拜來看我的表演了——我，我的室友在家，我們沒有地方……他有老婆的……」

如此理所當然地索取別人的成全？她抬起頭來，看見那個叫德瑞克的男子正站在酒吧門口，朝他們這個方向張望。她的反應先是啼笑皆非，但迅速被一種不潔的悲哀所充滿：「你怎麼開得了口？你爲什麼認爲我會答應？」

「只是一個簡單的要求，不好就算了。妳不必教訓我！」李的表情驟變，厭煩地推開對方：「是妳自己心裡有鬼！」

「你沒有羞恥心我們還有！你說要活在一個沒有異樣眼光的地方，但是現在除了別人的異樣眼光你還有什麼？」

「我的人生是隨妳的心情被拿來審判的嗎？妳單身沒人要的時候，來紐約在我那裡住了一個月，我有說一句話嗎？」李的冷言冷語比咆哮更令她無措：

「也許有人今天晚上終於愛上了我，妳關心嗎？昨天今天妳根本沒在臺下，我一直想好好表演給妳看的妳知不知道？可是妳當作是個屁！現在妳以我爲恥了？因爲妳嫁了一個電腦工程師？」

彩虹的那一端，一桶意外潑翻的水，讓遇水則溶的壞女巫不能超生。她突然亦感到一種被溶蝕的痛。也好，她想。她就自由了。

「我是爲妳才扮桃樂蒂的。以爲妳會懂……Fuck you！」嫌惡地，李轉身往酒吧大門去。小珊知道，在他心裡她登時不過是個無知的、甚至無情的女人。

＊

壞女巫只是想取回姊妹的遺物。好女巫只是想做好人。桃樂蒂只是想回家，既帶不走錫人的心、稻草人的智慧，也帶不走獅子的勇氣。李想要的太多。

回到旅館後，她總覺得有些不安，撥了一夜李的號碼，留了話也沒下文，她以爲李在躲著她。回到臺北她不停在試，那端空響了一個月，然後成了電信公司的錄音，一遍遍同樣的答案，這是空號。

她的一念之間。拒絕李究竟是羞恥抑或不甘作祟，她無法分清。如果能改寫，故事將是巧笑著走進飯店大廳的李，步入她的套房，在她的眠床上變換著各種姿勢，或許還會偶爾發出哀號般的歡愉呻吟。

至少之後她不會不知李的下落。

氣憤開始轉爲擔憂。李的無故消失令她瀕臨瘋狂。李的失蹤與她的拒絕也許相關，也許巧合。沒有李臺灣家人的電話，種種假設無以查證。

好不容易輾轉查出那間酒吧的電話，只剩下這個可循的線索了。紐約午夜的嬉鬧高潮，接電話的人頂著嘈雜的背景，告訴小珊沒聽過李這個名字。當然李不會用本名；但是他又取了什麼藝名呢？那有沒有一個扮桃樂蒂的變裝秀表演者？她急急追問。

對方要她別掛斷。多麼愚蠢！所有這些無謂的自責！她如釋重負地笑了起來，直到一個興高采烈但陌生的聲音傳來：「哈囉？This is Tommy！」

她一時還會不過意來：李在哪裡？一道白光自腦裡閃過。李出事了，錫人說。是那個叫德瑞克的男子！稻草人接著附和。一夜情後的失蹤人口！獅子的聲音在發抖。他的紅寶石鞋那晚在妳手上……

她不知道自己想要辯解還是懺悔，話筒卻已自手中滑落。

驚慌中抬頭，李一身全白的窈窕身影，正笑盈盈地拈著仙棒站在面前。

03

夜行之子

迴光

nightly

小凱帶洋夫婿趁耶誕新年假期回臺探親，爲此我專程從屏東北上。

電話上光爲了在哪兒碰面吃飯，兩人的討論曾讓我一度覺得意興闌珊。我現在對臺北這個城市已經非常不熟悉，更何況小凱多年沒回臺灣了，這地點就已經難喬。加上洋夫婿這個不吃那個不吃，好像這還嫌不夠麻煩似的，這對伉儷還帶了孩子同行。

我對這孩子的好奇遠大過小凱的老公派屈克。一個混血的人工受孕成品，之前從小凱寄來的聖誕卡全家福照片上看不出個所以然。這孩子轉眼已經五歲了，簡直不可思議。

和小凱在電話上久久做不出決定，我的思緒飄回了當年。和小凱還在一起的時候，我們也就像這樣，常爲了生活上的小事磨掉了彼此的耐性。個性如此不同的兩個人，小凱向來較我急躁積極，咱倆竟也當了一年多的戀人。十年後吃這頓飯，不免讓我心中五味雜陳。和小凱分手後，我一直單身至今。

「反正見面才是重點嘛，吃什麼不重要啦！」結果是小凱自己退一步圓了場：「我們眞的好久沒見了。」

當下我有感小凱的成熟，懂得爲別人想了。

下一秒立刻覺得好笑，我們都已經不惑之年，小凱都做爸爸了，怎麼還可能像當年那樣任性？不成熟的恐怕是我吧？

這些年來我自覺一事無成，人生不知是在哪個點上就停頓了似的。

不像許多留學生回國時找上貨櫃公司海運，離開美國時，我把七年的所有家當都清光。能丟則丟，能賣則賣，最後只剩清爽的兩件行李箱。當初怎麼來，現在怎麼回去，其他的都屬多餘。不必保留這些東西以向任何人證明，我曾來過美國，在紐約吃過玩過最好的。

儘管回去是回到南部屛東的鄉下，回到我年老失智又罹癌的父親、與兩度中風的母親身邊。既然離開了，這些不過都是記憶的殘骸。

唯一沒切乾淨的大概就是小凱。房租合約是一起簽的，好歹要把鑰匙留給他，屋裡還有他的東西。但是小凱不肯跟我見面，最後我只得把鑰匙裝進白色信封，交給了昔日室友李。

阿文，你就這樣放棄了？

我們在吧裡喝得醉醺醺話別，李突然就這樣問我。放棄什麼？我問。放棄找尋眞愛啊！

我聽見差點沒一口酒噴了出來：你還沒放棄？

李過去兩年氣色一直很壞，人越來越瘦，簽證早過期了，變成躲躲藏藏的黑戶，釣到男人第一個想到的就是搬去跟對方同居，嚇跑不少人。最後見面，李已經從曼哈頓、布魯克林、撤到了皇后區鳥不生蛋的牙買加，跟一個波多黎哥裔的護士搞在一起。把鑰匙託給李也是不得已。我當時不是沒想過，把鑰匙轉交小凱前，李可能會先帶男人進去用一用。

記得一定要聯絡小凱，月底租約到期要交屋。

知道啦！那小凱他現在又有人了嗎？

不知。也不關我的事了吧？

小凱人聰明又生得帥，當初會主動展開追求，讓我著實受寵若驚，所以小凱堅持要我搬出原來住的狗窩時，我便依了。這件事情上我一直覺得有些對不起李。如果不是我先搬了出去，打散了室友組合，也不會害得李兩年來流離失所。和李算不上親，他原是我極少數在臺灣就認識的同志朋友，等到快要回去了這才發現，同這些人還有保持聯絡的竟沒剩幾個。他們到底都鑽進了美國哪個縫隙裡去了呢？我曾有這樣的疑問。怎麼一鑽進去就不出來了呢？

在我看來，小凱和李其實是一樣的，都是死也不肯回臺灣，做美國人拿到一張同志結婚證書，是他們這一生最大的志願。不同在於，小凱是華爾街白領，李僅是鄰近華爾街的某中餐館的外送小弟。

在臺灣的時候，李還是某大唱片公司的宣傳第一把交椅，四小天王人前都得喊他一聲李哥。

這一離開，下次不知何時再回來了。

和李走出酒吧時，我自己都意外會冒出這一句。情緒多端向來不是我的本性，不像李一聽我這麼說就紅了眼睛。我反倒得回過頭來安慰李：好啦好啦，你發結婚喜帖我一定到，好不好？

李則用了一個苦笑回應。

那對望中，我們又看到剛到紐約時年少輕狂的自己。猶在耳際的，是當年李作的歪詩。有人堪睡直須睡，莫待無人空自慰……

在往機場的路上，隔著窗玻璃，看見雙子星世貿大樓燈影的那一刻，離開才第一次成爲事實如此眞切打在心上，同時教我又有一種如釋重負的輕鬆。

正如七年前，計程車載著我從甘迺迪機場一路飛馳，直到過橋時世貿大樓映入眼底，我才相信自己眞正來到了美國……

如今連上去臺北一趟，對我來說都不容易。

白天我在工作時，失智又臥病在床的父親與中風後語言障礙的母親由一個半天看護照料，我每天按時回家，少有在外過夜的紀錄。這回我心一橫，交代了看護，拜託了鄰居，給自己安排了四天的行程。只單單爲了吃這頓飯，也是同樣這些麻煩要打理。何不讓自己放縱一下？若只是爲了見對方這一面，跑這一趟未免太不值得。

我的情緒，就如同這一年十二月裡屏東的天氣，不正常的高溫，竟如夏季直逼三十度，帶來令人微喘的躁鬱。

惱人的起伏，在早該雲淡風清的若干年後。

*

有一條線，橫躺在我腳前，究竟想傳達什麼警示訊息？只是惡作劇也不無可能？站在這條線兩步外，可以選擇調頭折返，也可閉著眼再繼續往前，畢竟已經走了這麼遠。

有那麼一條線。

這樣的劃線突然出現將我驚醒。看到了這條線，像夢遊中斷，轉頭尋找來時的方向。而小凱選擇的是越過去，朝向我不願再面對的未知。

這是我記憶中的，最後離開時的心情。

回國的教職並不理想，方便照顧父母的考量讓我最後只得應聘了一所專科改制的大學，一個專攻英國維多利亞時期小說的文學博士在應用英語系任教，能發揮的有限。但，如果眞爲了小凱留下來呢？

最後一定會被小凱給甩掉，我這樣告訴自己。

我自知對小凱而言，我並不夠好，遲早會有比我更好的人出現，小凱的那套美國式的務實啊……到底算是學成歸國了，努力不讓自己爲已做成的決定後悔，我決心也來揮霍一次，訂的是單程的商務艙機票，一千八百美元，付錢時仍不免著實心痛了一下。

回想起來，那趟飛行其實從一開始就偏離了航道。

原定深夜十一點五十分起飛，到了凌晨一點半，廣播還在重覆著機械臨時發生故障，登機時間將延後。終於到了兩點，航空公司才把旅客全載往了機場附近的旅館。疲憊加焦躁，讓我格外清醒毫無睡意。

在規格樣式的平價旅館房間內踱步，拉起百葉窗，面對的就是高速公路與機場航站龐大冰冷的建築。推開窗戶，九月初秋的夜風已有寒意。旅館電視只有幾家無線臺，新聞重播的畫面上出現美國國務卿鮑爾的訪問。拿起電話想通知屏東的家裡，算算臺灣時間我的父母恐怕正在午睡，但我更擔心的是，從旅館撥國際電話一定帳單驚人。

這多出來的四個多小時旅館時間，不在我預定的旅程中。這時分本應該已喝過了商務艙特別服務才有的酒品，我或許會點一杯螺絲起子。電影在起飛後一個小時開始播映，商務艙才有的六七個頻道，選一部片看完後小睡兩三小時，在阿拉斯加的安克拉治停留一個鐘頭，再起飛時便已不在美國的國境範圍之內。在靠近北極圈的某個緯度的附近，飛機將留下噴射引擎發出的震動，像是我的心跳，搏動化成一道曲線，滑過地球這張巨大的儀表板……

但是在這簡陋的旅館房間裡，我覺得自己又成了剛到美國時，無地址無居所的留學新生。唯一的差別是身邊沒有那兩件各重達二十六公斤的行李。在剛抵紐約的頭兩個禮拜，隨時得拖著它們，從這個朋友家到那個朋友家寄宿。我甚至在李位於A大道那個當時半廢棄邊陲破公寓裡住了一個禮拜，才終於找到一間價錢可負擔的分租房。

在機場旁的旅館房內，我有那麼一刻突然很想撥電話給小凱，跟他好好說一句再見。

不是人人都有小凱的好命，家裡是大稻埕地主，唸書一路順遂，連在美國畢業後找工作也是鯉躍龍門。

我的父親是外省老兵，身爲獨子的我，靠打工加獎學金抱回個博士學位，父親已老糊塗也搞不清了。若在臺灣，我和小凱根本不可能在一起。

在偶然的時間點上，紐約改變了我們某些事情，但都像是派對上的酒精，總有酒退的時候。小凱不僅想做高級華人，還想登上美國人裡的高級同志生活，住房價節節上漲的Chelsea，在高檔的Barney's New York 百貨購物（他曾說Macy's像菜市場，顧客太平民），在Gotham餐館辦慶生。家裡有地有店面眞好，臺北捷運一開挖，他們家就平白多了上億財產。被小凱倒追得心花怒放盲了眼，竟沒早看出他一心策劃的同志完美生活，根本無我阿文容身之處。

我的父母得靠我養，我不可能留在美國，和小凱就這樣協議分手了。一夜懇談加淚眼相對，沒想到第二天小凱就在外頭跟人家過夜，第二個禮拜乾脆帶人回我們住處。我搬去睡客廳，一夜聽臥房裡翻雲覆雨，淫聲不斷，那口氣嚥不下也得嚥，誰教房租大半都是小凱在付呢？

不是沒疑問過，小凱究竟看上我這個屏東老兵之子的哪一點？爲了性吧？小凱一直跟老外不太來電，覺得跟窮老外攪在一起的那些臺灣人老土低級，但是臺灣來的不是小妹妹就是老阿姨，碰見我這個一號哥哥自然不想放過。床上玩了幾回，他鄉作伴便認了眞。接下來我趕寫我的博士論文，小凱開開心心忙著辦他的綠卡，同居一年半，剩下的時間便都在吃喝做愛中度過，誰都不想面對下一步。

在一起的時候我可是一次都沒偷吃。被論文所逼，腦力的過勞顯然壓抑了我原本活躍的性慾。再說小凱幾乎是半養著我，做人不能太缺德。對小凱並沒有隱瞞過什麼，我家裡的情況小凱不是不知。不願意去看明擺在眼前的事，我一直認定那是小凱的問題。

當初同意和小凱搬去Chelsea同志區就是個錯誤。分手後仍住一起，最後那三個月我並不好過。通過博士學位口試的那天傍晚回到家，小凱見到我當作是空氣，穿上阿曼尼就出門風騷去。這我都忍了。自覺不是沒有愛過小凱，否則在他帶老外回家的時候，我爲何仍一陣陣心絞呢？

我知道，小凱這麼做，一定是非常、非常寂寞空虛。

讓毛絨絨帶體味的洋人幹他的時候，小凱一定在恨著我吧？

＊

再回過神，發現從甘迺迪機場旁的連鎖旅館，自己已到了臺北火車站前的商務旅社。

交通運輸中心附近的平價旅館都有一種類似的相貌。緊閉的窗簾，地毯上菸灰燒出的暗疤，套了塑膠袋的洋鐵皮垃圾筒，以及不管用的空調控制旋鈕。

我不是單爲小凱北上的，這必須以行動來證明。我揮揮手，示意站在我房間裡的這個侷促的男人把外套脫了，自己走到床邊坐下，不看對方，兀自點起一根香菸。眞是令人失望啊，爲什麼網友的照片與本人永遠有這麼大的落差？我必須在這枝菸結束之前作出決定，要不要幹他。

那人身材是還可以，就是那張臉讓人倒胃口，嘴角總黏沾了唾液白沫，染髮劑已半褪色，留下如癩痢狗般的一頭黑、黃、夾雜灰白的亂毛。或許可以教對方面朝下乖乖躺好，若從這個姿勢進入就不必看見對方的臉。

把菸頭捻熄了，冷眼瞧著那人分明是故作出的左顧右盼與不知所措。我佯裝無事，進浴室把門關上，打開水龍頭，放水，關上水龍頭。再出浴室時發現那人還在矜持著。如果不想做，那就出去逛逛囉——我取下插在電源匣上的房門卡片。

話才說完，那人就加快速度剝掉衣物上床，面朝下抬高臀部趴好，等待接受鞭罰似地抓緊床單，戲劇化程度讓我差點沒笑出來。

我的大腿緊夾住對方股頰，再用力按住那人的後腦勺，對方疼痛的呻吟便完全只能在枕頭裡悶堵著，直到快窒息前那人驚慌地拉尖了聲帶。

如果那晚的班機準時起飛。

如果重新起飛後的次日不是九月十一日。

如果小凱的辦公室不是在世貿中心。

如果沒有這些如果，我想我不會明白，我需要的是小凱，需要小凱的那種果決武斷直接，不管是在床上或是在生活上。

小凱那時候曾努力地想要打造一個家，儘管依照的是他個人的藍圖。只是我一直不解，小凱竟這麼快就和那個叫派屈克的在一起，彷彿他要的是像IKEA型錄上的那種溫暖的家，一張照片而已。男人只不過是必備的道具，如同茶几或落地燈，可以是任何人。

十年來我只能偷著空幹過一個男人換下一個，沒想到這樣的生活竟可以一路苟且下去不會有任何改變。做爲我們這樣的異端，人生沒有形狀，也沒有規則。除非是像小凱那樣蠻闖硬幹，就是要弄出一種模式來——

老公，狗，洋房，甚至還有一個混種的骨肉。

趁對方喘氣時我抽出了陽具，等待對方求我再次進入，等待對方徹底露出原形，任我羞辱。對這些與我條件懸殊的零號，我的動作通常粗暴。

我的樣貌或許仍算是好行情的，這個網友第一眼看見我時，我相信我看到他的臉上寫著中獎的喜悅，接著癡愣，隨即莫名哀怨起來，儼然失戀，然後開始惺惺作態假裝不在乎。另一種本土的文化，敢情是，被動卻貪婪，鼓不起勇氣追求，卻在自己處在被玩弄的低賤位置時，開始糾纏不放，愛到不可自拔。這樣的網路怪咖我可遇多了。

現在的我是如此地隨遇而安，絲毫沒有環境調適的問題呵！曾經可以是極度放浪無礙，遍地開花，在紐約街頭與陌生人一個眼神就隨對方回家；也可以如此鬼祟迂迴曖昧而變態，夜夜守在電腦前網路留言，辛苦地耐住性子等魚兒上鉤。

*

離開小凱後，我就不再去想自己要的是什麼。

這還是多年來第一次小凱回到臺北過跨年除夕。

之前不知，一〇一大樓的煙火對臺北人來說，是頗爲隆重的一件大事，聽說從他們五星級旅館房間窗口正好可以觀賞煙火，小凱的大姊二姊姊夫外甥都在晚飯後陸續到了他們的房間。

親愛的，請你問一下客房部，能不能送幾張椅子過來？

他故意提高聲量，讓他在場的親友都聽見他和派屈克總是「親愛的」、「甜心」互稱。他知道，親友們喜歡觀賞他和阿凸仔女婿的生活，像是看電影。對所有非美國人而言，美國人必須活得像在電影裡。

他知道，演好美國人的角色，是他的同志婚姻可以被家族接受的重要條件。他們都喜見他已成爲美國人，像二姨媽三舅早年去了美國，每次回來探親都羨煞周遭人。他們美國人啊——他聽見他阿母對一個遠親這樣形容：想法不一樣啦！

是的，得先成爲道地的美國人，美國人怎麼過日子，怎麼做愛，跟誰做愛，都像是名畫的複製品，掛在客廳裡不嫌丟人，仍勝過名不見經傳的眞跡。連用他的精子讓派屈克的妹妹當代理孕母這個安排，他的家人都認爲是一種進步國家才有的開放式觀念。阿母說有小孩才好，他們最終掛心的還是這樁。

孩子一路喊著「爸爸」就從浴室跑了出來，將小凱膝頭一圈，撒嬌要抱。

Daddy呢？

他是Baba，派屈克是Daddy，瑪格麗特是Mom，他們已經盡了最大的可能讓一切看來正常美滿。小雷恩正式入學前都送去雙語幼稚園，他們的美國朋友無不稱讚他們這家可當多元文化的模範。小孩這輩子學英文的機會還很多，派屈克逢人都會這樣解釋：但是現在學會了中文以後就不容易忘了。不知情的人還以爲這都是他小凱的主意。

派屈克凡事都想得遠，畢竟對這個國家的事，他懂得沒派屈克多。他把已換上睡衣的孩子抱起。小雷恩揉揉眼，他有著派屈克的眼睛，鋼鐵灰般的深眸，眼神裡總像是隱藏著什麼祕密似的。一直要到成了小雷恩的爸爸，他才開始覺得自己做美國人做得理直氣壯。

Daddy他要跟你說話。小孩湊近他耳邊，用流利的中文傳話。

派屈克一定不會料到，小凱的家人對小雷恩說的是中文而非臺語有所不滿。他們在一起快八年了，派屈克卻從沒想到要去學中文。他當然不會懂小凱和他的家人交談時用的是臺語。爲什麼他讓雷恩念雙語幼稚園，自己卻不肯學中文呢？這個問題小凱始終得不到滿意的答案。太忙了。太累了。太難了。以後你可以跟孩子用我不懂的語言說我壞話，不好嗎？派屈克最後會用他那套美國式幽默阻止他再追問下去。算了反正他們也不是常回來——

怎麼了？

派屈克要私下說話，表示一定又有什麼不滿要溝通，他心想。

九點半小孩該上床。

So？

現在都十點了！你親愛的家人打算待到午夜倒數？

就今天晚上而已。

今天破了例，以後他不肯乖乖上床就是你的工作。我話說在前面，到時候我不會幫忙——

我這麼多年才回來一次，你要我趕他們走？

我不是要跟你吵架。我都是在配合你，包括明天要跟你的「前男友」吃晚飯。但是我現在不是在討論你的需要，是雷恩的需要，他的作息！

每年感恩節和聖誕節我都在招呼你那一家子人，老天爺！我還學會了怎麼烤南瓜餅！他壓低音量，用從美國電視影集中學到的一種談判口吻打斷對方。

現在我們更像典型的美國夫妻了吧？小凱心想。他確定派屈克的聲音已經傳到了浴室外。

小凱早就知道維持兩人婚姻的祕訣爲何。只要碰到這種時候他就告訴自己，這只是電視劇。這一切都像是臺詞，與他其實沒有那麼直接的關聯。隨便派屈克要怎樣，就依他的。一旦置身事外，最後的贏家反而會是自己。

這是他從他阿母身上學到的妻子智慧。

*

他陪一族親友下了電梯，地面上已經人山人海。他的幾個外甥嘟著嘴老大不高興，他知道這將是明天家族間的八卦話題：阿凸仔尪脾氣不好哩！

大姊說別送了。

不是在送你們，他很想這麼對她說。其實他也很想看煙火呢！

這個如今臺北市地價最貴的信義計劃區，在他高中的時候只是一片荒煙蔓草。竟然有一家百貨公司叫「紐約紐約」呢！……有了小孩之後他們就搬離紐約曼哈頓了。中產階級小家庭往郊區搬，宣告青春自由放浪告一段落，成家立業搬郊區，非常美國的婚姻三部曲。但是即便還住在曼哈頓的時候，他一次也沒去時代廣場跟幾十萬人一起倒數過。

送走了家族成員，他往人群的中央小步躋身前進。

十一點了，小雷恩應該已入夢鄉。需要撥電話給派屈克，告訴他我在一〇一樓前等待倒數嗎？糟糕，手機根本不在身上——都是年輕人，我已經不適合趕這種熱鬧了——

要撤退卻寸步難行，只能被身後的人潮推擠順勢繼續往前。

當年這裡不是三張犁靶場嗎？高中軍訓課野外打靶，曾在這塊荒郊野地上行軍……為什麼印象中每次打靶都是陰天？……二十二路公車到底站，整班同學下車整隊再出發。他們班長的綽號叫什麼？包子？燒餅？副班長當時還擔任儀隊隊長，他記得他姓蘇。蘇過來勾他的肩，他推開，教官就在旁邊啦——他們青春的靶場。華納威秀。新光三越。臺北一〇一。這麼多年後對那個男生的手臂他還印象深刻。都是十七歲年紀，蘇的手臂完全是成年人的，血管像小繩子一樣陽剛地浮凸蜿蜒，不像他，細瘦沒肌骨……蘇總愛鬧他，應該不是惡意，可是現在回想也仍不確定。那男生讓他害怕，害怕有一天就在他讓他握住手的時候，他會對身邊其他同學笑喊：看到沒？我早就說過他是個玻璃圈的……

那時候他們都這麼叫的，玻璃圈的。

他們這些發育早的男生一定會幹這種無聊的惡作劇，高中時候的他始終這麼相信而提防著。派屈克告訴他，在美國高中如果你被校園霸凌盯上你就死定了！那派屈克他都沒有過陰影嗎？他想起來了，最後在拍班級團體畢業照時，蘇站在他後面一排，突然說，親你一下好嗎？其他同學一定都聽到了。當時他只記得自己心跳如擂鼓。他怎麼回答他的？他到底是親了沒親？接下來發生了什麼事一點印象都沒有……

壓抑，派屈克總說他因爲羞恥而壓抑了記憶。

爲什麼是羞恥？也許只是太過緊張了以至於記憶空白？其實他只是需要一些時間回想。蘇應該是在頰上迅速地吻了一下。是的。那是很輕很匆忙的一個吻……這樣算是他的男男初吻嗎？聽說，在時代廣場倒數跨年，當新年那刻來臨，水晶球燈亮起嶄新年分數字，群眾中不管認不認識的人都會彼此來個祝福擁吻……在臺北的年輕人也會如此嗎？這裡不是時代廣場，時代廣場沒有他青春處男時期的殘留氣味——

千禧年跨年前夕，阿文曾說，去時代廣場瘋狂一次吧？這麼多年後他一直記得阿文做這提議時的場景。夜裡熄了燈，阿文環抱著他的腰，臉深埋進他的腹臍間。那時他就已經打定主意不會留下來了嗎？……現在還想這事情做什麼？喔對了，關於羞恥。因爲羞恥而壓抑的記憶。派屈克總說，你們東方人太壓抑。你們。我們。他現在是派屈克口中的你們還是我們？他現在比較不壓抑了吧？因爲家裡就有一個派屈克是心理醫生……爲什麼美國人都在看心理醫生，如果他們從不必壓抑自己的話？

從市政府廣場方向傳來一陣陣跨年晚會的觀眾喧嚷與掌聲，是哪個大牌歌手？臺灣的流行音樂他早就不熟悉了，臺灣的很多事他都不熟悉了……派屈克經常對他說，你的不快樂就是來自你從沒有認同感。臺灣人在美國都是小圈圈，連同志都一樣……從小他總聽到叔叔伯伯們在講臺灣獨立，他們的小孩跟他一樣都在國外。他很慶幸這個問題再也跟他無關了，他現在關心的是歐巴馬能不能當選……派屈克說，美國社會充滿一層一層的壓迫，白人壓迫黑人，早來的移民壓迫後來的移民，異性戀壓迫同性戀……記住！只有民主黨會支持同志！共和黨是反對同志婚姻的！在這件事上我們竟然還輸給加拿大！小布希連任全靠了反同志！絕不能讓共和黨再當選——

派屈克談起政治總是激動的。

派屈克一度打算領養一個黑人小孩，把他嚇得說不出話來，只好立刻同意讓他妹妹做人工受孕……可以這樣嗎？不算亂倫嗎？既然不領養，派屈克反而堅持要一個有兩個人基因的孩子，這是唯一的途徑。當初選擇派屈克，只是因為需要一個家的感覺如此迫切。如今這個家的規模遠超過他當初單純的夢想非常之多……有什麼問題嗎？我究竟在擔心什麼？

說不出為何總有種不安。這些年都很好，非常好，喔尤其是小雷恩——（在等待他出世時他幾乎是有點懼怕那會是一個不正常的怪胎）這孩子聰明漂亮，集他和派屈克之長。曾擔憂小雷恩會是派屈克家族的肥頭圓腦，現在五歲的他明顯看得出將會有小凱的細手長腳，窄臉尖下巴……派屈克和他那些熱衷同志運動的朋友是他現在唯一的生活圈了……臺灣來的朋友大都回去了，他與少數留下來的幾個也都沒來往。派屈克說，他們在妒嫉他，因爲他們的白種男友都又老又窮……你現在過的是眞正WASP的生活了開心嗎？派屈克會這樣不時提醒他……曾陪派屈克去過幾次民主黨同志聯盟的聚會，看到其他許多像他們這樣的美國人與亞洲人的夫妻檔，那些矮個子黑皮膚的東南亞種族與他都被叫做亞裔，他是眞的沒辦法跟這些亞裔認同呵……一定要認同什麼嗎？要先分裂才有認同問題。沒錯。他那時候就懷疑自己是不是精神快要分裂了！離開了阿文，決定跟老美開始約會，要留在美國要留在美國就要打入白人圈圈——阿文說他不想只爲了同志這個身分而放棄了其他所有的身分——他的其他什麼身分？他在說什麼？不分手的話呢？他能帶了眷村長大不會說臺語的阿文跟他的家族如此愉快聚餐嗎？——

直到最近幾年他才在派屈克面前提到以前和阿文的事。

要忘記才能重新開始。

派屈克說你又在壓抑了。

我沒有其實並沒有，已經好多年以前的事了沒什麼好提的——

你應該對我坦白的，凱。所有的事。

我瞭解你。凱，只有我最瞭解你，知道嗎？

凱，你應該重新面對自己。聽起來你的過去一團糟，我甚至懷疑你小時候是不是被性侵過？

少可笑了少可笑了少可笑了少可笑了少可笑了

我本來都很好直到那天早上

就像

六、五、四、三、二、一！

百層高樓轟然一聲巨響

火燄濃煙
天空那麼藍藍到讓人不敢相信世界末日會發生在陽光明媚的週一早晨
美麗的爆破
隨即而來的黑暗
他們是在歡呼不是在求救
沒有倒塌的巨塔只是令人興奮的煙火

*

有好幾年的時間，我一直以爲小凱死了。

九月十一日上午十點過後，上百航班都臨時迫降於安克拉治機場，航廈內頓時擠滿數千名不知所措的旅客，那兵慌馬亂的情景讓我當時眞的相信，要開戰了。

電視上反覆播映著雙子星大樓於濃煙中如餅乾一樣脆弱崩塌成粉屑的畫面。那不只是一座巨塔的毀滅，對我而言，那是另一個世界的入口從此被封死。封死在那個世界裡的，是我曾經的夢想、我的青春、和我愛過的人。初到紐約，望見矗立如燈塔的雙峰，不自覺便被引入一個迷咒般世界，通過它們進入曼哈頓，世界便是另一種樣子，自成規則成另一種眞實。然而，在看見它一秒鐘前晶石般閃耀在陽光下、一秒鐘後飛灰煙塵的頃刻，咒語破除了，這個世界應該有的規則霎時都回來了，我又回到了眞實裡。

眞實很簡單之一，生死一瞬間。容納一萬七千多人在此上班的摩天地標，當下誰生誰死？

小凱的辦公室在北塔八十八樓，距出事的九十至一百層到底有多近？我連續撥電話，回到臺灣再試，號碼始終是斷線狀態。更悲哀的是，我們雖在一起一年多，但對他家人而言我是個不存在的人，我無從聯絡到他的家人詢問究竟。還有李，他每天搭地鐵從雙子星地下樓出站，有沒有可能那天他心血來潮跑上瞭望臺了呢？至今李仍音訊不明。

當時的我以爲，他們都消失在這場災難裡。我慶幸自己買的是商務艙的機票，畢生唯一的一次揮霍，沒想到發揮了最大的用途。在混亂的機場大廳裡，各家航空公司首先要安置的都是頭等與商務艙的旅客，宛如鐵達尼號故事的重演。

眞實很簡單之二，人命並非皆無價。

更醜陋的是，我看見在這樣困惑緊張又悲傷的時刻，幾個明明是臺灣人的旅客，幾小時前在過境旅館集合時大家還問好說笑的，一轉眼他們掏出美國護照，緊緊跟著航班上同行的幾位西方人，把其他人遠遠甩在一邊，認定這時候做外國人才更有保障。

眞實很簡單之三，必先有亡國之民而後國亡。

別跟他們去！來美國送兒子進大學的那位大哥，在看見那幾位同胞與外國人上了某旅館的拉客小巴時，制止了另外幾位也想往車上擠的旅客。他們才十個人，我們人多，通通集中在一起比較好，那位大哥說。大家不要散了，在一起有個照應。

接下來四天三夜被困於安克拉治的旅館中。紐約的災難對這裡的居民來說，有如天高皇帝遠。旅館經理知道我們這行人多來自臺灣，還跟當地某中餐廳借來了卡拉OK機器，餐廳部在晚飯結束後便成了歌唱交誼廳。

我這時總一個人默默回房，對著二十四小時馬拉松式的電視新聞畫面發呆。

我想起與李他們當初一起租的狗窩，上了頂樓就可看見世貿中心。我想到了中國城，它離出事地點不過幾條街。想到小凱和李，我忍不住暗自啜泣。

前一夜，當我還在甘迺迪機場旁的過境旅館房間裡，我曾經動搖了，想撥電話給小凱，想問他可不可以等我？給我一兩年等我把我父母安置了——但是，我沒打，因為知道，縱然對他有不捨，我對自己的能力卻毫無信心。最後我打給了李，午夜三點他被我吵醒有點不耐煩：你不是上飛機了？

李，我問你，你覺得小凱有沒有愛過我？

那頭出現長長一聲哈欠。喔我輸給你！你打來問我這個問題？好啦好啦，你們都有愛過對方……我要去睡了，一路順風！

這是我最後一次聽見李的聲音。若干年後，我常常想起那晚夜裡我的躊躇，類似希臘神話裡重覆出現的一個主題——不要回頭。奧菲斯將愛人從冥界帶出，就差幾步他仍然忍不住，忘了警告，回望愛人一眼後一切都消失在無盡的虛空中。創世紀第十九章，羅特帶家人逃離萬惡的索多瑪城，妻子在最後關頭也不捨回顧一眼家園，立刻化身成爲一根鹽柱。

我也是回頭多望了一眼，什麼都沒了。

坐在臺北車站旁的二流商務旅社房間裡，想到次日要和小凱見面，我畢竟仍感有些不安，這一切太不眞實。

我把三年前他寄到我學校來的那張明信片帶在身邊。那張短箋從頭到尾用的是英文，問我一切都好嗎？他很好，他現在住在紐約上州的一個小社區，在一家健身中心擔任兼職的營養師，因爲他現在有一個小男娃叫雷恩，不能上全天班了……好像他消失了五、六年是很自然的事?!難道他毫無意識到，對我而言他就像是死而復生？

不知道是不是英文的緣故，那種平淡不帶情緒的語氣，讓我很不習慣。翻到明信片背面，是那種美國人很愛的全家福照片做圖。他的男人，叫派屈克吧？一個禿頭微胖的白種人，我不敢相信自己的眼睛。光憑照片中那人的笑容我敢斷定，這個派屈克絕對也是個零號。我把明信片又塞進了旅行袋，預感明晚的飯局或許會是不愉快的經驗。

我躺下，閉上眼睛，拉開褲子拉鏈。昨日下午那個長相甚令我不滿的網友卑屈的呻吟，讓我很快又有了反應。我幻想著伸手去勒緊他的咽喉，赫然看見的卻是小凱的臉！我一驚停下了褲襠間的抽動。

慾望蠢動的城市正向我召喚，不能再繼續坐在這間發霉的旅館房間裡。

小凱早就不是我認識的那個小凱了。

*

他回到飯店房間，已經凌晨五點。

派屈克聽見聲音醒了過來，他立刻阻止他想去開床頭燈的動作。派屈克，這樣就好，不需要燈光。我有話想跟你說。

我還以爲我該去報警——你跑哪兒去了？

他不理會派屈克的問題。逕自走向多加出來的一張小床，他摸了摸雷恩的頭髮和臉頰：他乖不乖？

他稍早做了個噩夢，嚇醒過一次。

哦？是什麼樣的噩夢？

別管他了。你要跟我說什麼？

你是心理醫生，我以為你對各種夢都會有興趣——

凱，你沒喝酒吧？過來床上，來，我知道你想說什麼。

你知道？

你想說我今天太沒風度，把你的家人都掏走了，害你很沒面子——

那人的回答讓他牽動了一下嘴角，介於苦笑與冷笑之間的複雜表情。他感覺太陽穴隱隱脹痛，兩頰發熱，想是午夜之後變天的冷風讓他著了點涼。隨了人潮在煙火落幕後漫流向城市的不同角落，從城東到城西，從城西到城北。他感覺不到四周人們的歡愉，他只是慌張地跟著眾人走，與十幾萬人失神步行的經驗在多年前的另一個城市也曾發生。

他望著坐在床上，被窗口投進的深藍夜色籠罩的派屈克，他光頂的頭顱，他肉毛毛的身軀。我想到了一些事，在今晚看煙火倒數的時候，他說。

被壓抑的記憶……倖存者的記憶與罪惡感……奇怪為何這些片段像全新電影的預告片，彷彿是另一個人的故事？

在電梯裡，手機響起。來電顯示是阿文前室友。李說，阿文要我把鑰匙交給你。李又說，阿文昨晚打電話給我，他還是很關心你——猛烈搖晃，數秒，燈光乍黯，像眞空無重的黑暗外太空，說不出電梯是在繼續爬升還是墜落。直到從遙遠的某處，開始了一聲、兩聲……隨即數不清的，警鈴聲同時大作。掌中的手機發出了唯一的光源，照出了密封狹小空間中的一張臉、兩張臉、三張臉……同樣空白無血色的表情……然後，有人也陸續掏出了手機，一束光、兩束光、三束光……灰藍的、凝固的小宇宙裡，有那麼一瞬間，大家猶如正在體驗著，某種神祕祭典中靈魂昇華的寧靜——

那人靜靜聽著，沒有出聲。

我那時候——我是指，第一次見到你的時候，我的情形糟透了，對嗎？

是的。在九一一之後，很多像你這樣從那座大樓裡幸運逃出來的人，都需要心理治療——凱，你現在很好。經過那樣的事件，精神受創是難免的……

但是，你對我做的治療，你覺得符合醫德嗎？

你在說什麼？

你是我的心理醫生，我那時那麼相信你——

凱，你如果不信任你的醫生，你覺得你會像現在康復得這麼理想嗎？

他覺得發冷，可能體溫已經升高。他的身體像被重力撞擊過的一扇門，對即將破門而出的記憶已無招架之力，沮喪軟弱地晃顫著。他想回應，卻一時間組不出適當的句子。直到今天，在那一個早晨，一些不該被遺忘的細節，才想起，爲什麼，這麼多年後——？

你是我的心理醫生，你卻帶我回家，跟我上了床！

他無預警的咆哮驚醒了小床上的雷恩。爸爸？

你對我做了什麼事？你在我最脆弱害怕無助的時候，到底還做了哪些有道德的心理醫生不會做的事？

彷彿在他身上有一道咒語，在那場炫目的煙火後頓失法力。此刻他腦中紛雜的念頭思緒記憶如攪混的電影膠卷，他的意識突然像是好幾部不同電影的畫面重疊投影在同一個銀幕上。

去跟爸爸說，幻覺遊戲又來找他了——派屈克拍拍小雷恩的肩膀：爸爸需要休息，他太累了，你說是不是？

小雷恩仍半惺忪著眼來到他面前，牽起他的手：爸爸陪我睡好不好？

他推開了小男孩，推開了派屈克端來的水杯和藥瓶。我、要、回、家！他說。

*

迷宮般曲折錯綜的廊道上，一隻隻剝光如生猛海味的胴體、個個似鯧之流線玲瓏，如鰻之肉實皮嫩。

我訝異在跨年夜凌晨二點，此處竟有如此盛況，隨即濃嗆的一股蒼涼寂寞氣息撲鼻。沒有人想上誰，也沒有人在釣誰，一隻隻都在等待，等待也許有眞龍天子臨幸？任這樣的夜晚、這樣的青春荒廢，或許只因爲背景裝潢太華美，錯覺自己也是精品限量？

這景象深深困惑著我，讓我不禁懷念二十多年前簡陋的澡堂，肉體的吸引力曾是如此明確簡單的一回事。

全場繞過一圈，我便找了個靠牆位置站定。眼睛幾乎快被昏暗影照麻痺近盲時，轉角盡頭的一個身影突然引起我的注意。燈光太暗，我只能依稀辨識，彷彿靠的是直覺而不是視覺。我悄悄跟上去，心頭怦然一震。

兩人面對面，他竟端詳了半天沒反應。十年眞的讓我有這麼大改變嗎？至於他，明顯胖了。從前喜留的中分長髮，如今剃成平頭了。但我還是只消一眼就認出了他來。注視著他空洞的眼瞳，我恍惚以爲，難道我們都早已被打進了冥府的某層而不自知？

相認或許仍有瞬間的驚喜，但中間相隔的一大段歲月的空白，以及人生轉折過程中早已練就的一套自我防備，讓重逢是一種殘忍遊戲的本質立刻被揭穿，更不用說，是像這樣一絲不掛的照面。原來專爲飯局在心中排演好的應對姿態，這一刻完全不管用了。所有的盼望、疑慮、遺憾、自責、怨懟、不甘……到了底處，也沒什麼可再多說了，所剩也就是這裸裎的中年皮囊，赤條條兩隻半人似鬼的舊歡殘形。寂寞，這麼赤裸的寂寞攞在眼前，還需要客套粉飾，說自己的生活很滿意云云嗎？在曾經相處的時光中，對彼此最敏感的情緒，就是寂寞。這麼多年後，我們之間僅存的連線密碼，也就是彼此的寂寞。十年的寂寞。一生的寂寞。只能說這是註定，我們……

你怎麼會在這裡？半晌，他終於開口。

四下有黑影幢幢向我們靠近，如聞著血腥的蝙蝠，伸出一根根探索的舌頭。我摸黑抓起他的手，推開黏在我們身上那一隻隻陌生飢渴的掌，緊緊拉著他，轉身鑽進甬道的另一頭。

凌晨五點，我站在播放著輕音樂的大廳中央，望著他走向電梯，沒等他再回頭我便先轉身，走出了他們下榻的飯店。

我在曙光微透的城中迎著寒風疾步而行，心想如果能在太陽露臉前回到我的小旅社，也許這一切就不過是一場夢，並沒有發生過。

下午我接到派屈克的來電，他告訴我小凱人不舒服，晚餐的計劃恐怕得取消。那人的語氣還算溫和有禮，我也客氣地回說希望小凱能快點康復。我等會兒就要搭車回南部，也許只有等下次再有機會了。對方禮貌地邀我隨時去美國拜訪他們，再附上幾句簡短的應酬後便結束了談話。

我聽不出他口氣中有任何懷疑。

本來的打算就不是只爲吃這餐飯。事實上，我並非如電話上所言，一會兒就將去搭車。我的四天假期還剩整整一天。或許，可以再去造訪昨天夜裡遊晃過的，那家號稱全臺最豪華的同志三溫暖。

這一回，應該不會再撞見，自己過去的鬼魂。

04
夜行之子

猥褻

nightly

一八九七年他從獄中步出的那個五月十九日午後，倫敦街頭已經沒有人認得出這個老人了。可那年他才四十三歲。

碩大的身軀移動起來只見蹣跚，他不得不停住，吸了口微暖且帶了梔子花香的空氣，想起自己的句子幾乎眼熱：**毀我者唯吾也，世間人無論卑尊只能被自己一手所毀**。佇立鐵柵欄門口躊躇了片刻，目光拋向石磚路另一頭百姓營生作息的景象，他感覺像是面對了無聲的黑白相片。

耳朵化膿嚴重影響了他的聽力，兩年的監禁毀了他的健康，腐臭的膿源源汩汩黃黃黏黏，那是精神中敗壞的細胞找著了耳朵當成了唯一出口。一片雲彩慢慢飄過了上空，遮住了他腳下龐然的一團影子。他低頭半晌，再抬眼時他眼神中閃過了世人都錯過了的、他對這個世界最後的一次睥睨。在那一刻他做出了決定，我想。然後，他終於邁出了重返人間的第一步，開始了他人生腳步的倒數。

嗯，我想，他那時應該還想到了你吧。

你瞥了我一眼，丟下手中的菸蒂。他四十三歲，我都還較之年長的歲數，而你，二十七。

一時失了神，沒注意到桌上的書頁被風拂亂，吹到了一九二四年你因毀謗邱吉爾也身陷囹圄的那一章。我慌亂地翻回剛剛閱讀的段落。啊，還好，你還在這裡，我說。幸好這時的你並不知自己有朝一日也會入獄的反諷。

我能上哪兒去？你道。沒有人記得或在意，他被放出來之後，我仍然回到他身邊。你們只願意相信的版本是，一個曠世奇才是被我這條忘恩負義的小毒蛇給毀的。

我才意識到，這時的你也許還不知那封長達五萬字長信的存在。在獄中，他徹底崩潰了，你是他最愛也最恨的人，密密麻麻的手稿託人轉交給你，字字句句糾葛著瘋狂。雖然是出於自願三度出庭辯護你和他的清白，但是他也寫道你是如何自私，如何揮霍他劇本上演所掙的稿費。

你們有沒有想過，我認識他的時候才不過二十三歲！我現在根本不知道未來的路要怎麼走。你說。

他三年後會辭世，然後你會結婚生子，我本想這樣告訴你，不知爲何突然不忍。

我恐怕永遠也沒有自我了，他的傲慢、自負、狂妄、寂寞也把我毀了。你的語氣平靜得令我吃驚。我偏過頭又看見那個體型笨重的天才，在人生最後的一段，自我放逐到歐洲廉價的旅館用徹底的肉慾將自己埋葬。縱然你回到他身邊，他卻不再稀罕了，是這樣嗎？

嗯……這個……

我無法不支吾口吃起來：我一直想知道，你愛過他嗎？你是眞的愛他嗎？還是只是因爲他的名聲？你是眞心在他出獄後陪伴他？還是你於心有愧？到底你們之間——

你沉吟片刻，給了我一個意外的回答。這眞是個猥褻的問題，你道。

你說什麼？

我想到他被判刑的罪名，一心急我的手肘撞倒了桌燈，桌燈的電線鉤住了書的封面，燈與電線隨著整本書的重量一起落下，房間頓時沉入一片午夜的黑漆。我呆坐了一會兒，慢慢我的耳朵才分辨出，從窗外傳進的是汽車輪滾動的聲音，不是馬蹄達達。

*

你昨夜依舊沒有回覆我的簡訊，對你的依戀不但沒有因此降溫，反倒是達到了另一個高潮。

我翻遍了書架想找一本可以安定神經的閱讀，最後竟然是一本傳記讓我暫時從對你的想念與想佔有你的慾望中脫身。說來你或許連此人是誰都沒聽過。這是我一個公開的弱點，對文學的無感於我而言一直是極爲性感的一件事。此人叫艾佛列德道格拉斯，一個家勢顯赫的貴族，小名波西，只因爲繼莎士比亞後英語世界擁有最多讀者的一位天才劇作家，一個叫王爾德的與他的戀情而在文學史上留名。王爾德被波西的父親告上法庭，之後身敗名裂、潦倒而死。

那個年代，唉。

不過這不重要。重要的是，從前我一直不懂，王爾德爲什麼要做這麼傻的事，他可以遠逃他鄉卻偏要親自出庭，辯護他二人關係的「清白」。最後他被判刑服苦勞兩年，在獄中卻又發了瘋似地寫了一本懺情錄，指稱波西是如何辜負了他。洋洋灑灑血淚斑斑，卻教人更加迷惑到底這兩人愛抑或不愛對方。

此刻我是在模仿同樣的行徑嗎？我再怎麼寫，再如何鉅細靡遺把我倆的故事從相識開始重述，我就一定更清楚我爲什麼會爲你陷落再陷落嗎？我就一定能爲你帶來的傷口找出讓我自己心安的合理解釋嗎？

我發現我比這位王爾德先生聰明。不，應該說誠實。他寫給波西五萬字的長信，企圖想要挽回或割捨的，我可以用以下簡短的幾句話完成。

因爲眞的愛你，我不需要在文章中表演。

我只想說對不起，對不起我愛上了你。

我對你的愛從來不清白，因爲我虛榮，因爲我寂寞；我想佔有你，我想讓這個世界看見我可以擁有你。

然後我將繼續愛著你，直到下一個人走進我的生活，告訴我一切都沒事了，他會比你愛我，告訴我你從來不曾眞正愛過我。

……

就讓我這樣愛你，好不好？

*

一九〇〇年十一月三十日，文豪帶著一生的文學榮耀，惡名昭彰地走入墳墓。他曾經對你說，世人將摯愛處死是必然，你不懂，他說「你應該知道」。

我不知道，你邊說邊扯下胸口弔唁用的白色康乃馨。他一生說了這麼多讓世人讚歎又著迷的格言，可這句你始終存疑。

你是他的摯愛嗎？

你說呢？

我捻熄了燈，讓自己坐在黑暗中，聆聽你漸漸蒼老的聲音。

我是被他選擇當成摯愛的，這中間有差別嗎？或許。多少年輕人和他的書迷追隨他、追求他，但他儘管風靡了那個時代，他對自己的容貌和出身始終是帶了一點自慚的。你們知道我的家世，都看過二十三歲的我如何俊美，我是被挑選的。我成了他創作一齣愛情的華美舞台。但是劇作家不朽了，舞台卻是曲終人散後一定將被拆除的。

在他被捕前夕，他不是堅持要你去法國避風、他獨力面對審判就好？這不是愛的表現嗎？

你爲什麼不覺得那是他給我的殘酷考驗？我原先怎麼都不肯離開，最後連蕭伯納都來勸說，我在所有觀眾的期待下出場，好讓他登上這場世紀審判的最高潮。在我登上船的那一刻，我就知道我的這一生已毀，我將永遠是謀殺文豪的罪魁禍首。

不會的，我再一次按捺住對你作未來揭曉的衝動。你會很堅強地活到七十四歲，在下一個世紀開始後，會有許多人開始爲你翻案作傳。

他最後被判刑不是因爲我，而是所有那些男妓都被買通作證，你們都知道那其實是一場政治陰謀。

你停頓了一下，聲調突然高亢了起來：他不是完全清白的，他確實是犯了罪！他因爲性行爲被判「重度猥褻」，但是他應該爲他的愛情觀被判刑！他所要的愛情多麼複雜、沉溺、陰暗，多麼不堪一擊！

是我，是我幫他寫完這整齣劇的！是我！是我承擔了所有才讓他的悲劇流傳！

是我！

是我！

*

你依然沒有消息。

也許你也已經判了我的刑，拒絕陷入我與苦痛的纏綿。

但我願意承認自己有罪，我的愛情很猥褻，我的迷戀很不堪，我需要你的回應好讓我相信自己是純情的。

是的。庭上。我犯了罪。我願意接受您的制裁。

在這麼多年後，終於我認清了我的愛情其猥褻之本質。我在你面前赤裸，並強迫你欣賞，反覆播放你的笑容與最後離去時的背影如同針孔攝影的存檔，好讓自己一直處於興奮狀態。想要愛撫你不可得後只好一遍遍揉搓自己的靈魂；你曾對我的愛撫不可得後只有在你我過去的簡訊中不斷意淫。

世人將摯愛處死是必然。文豪必須將那貴族男孩徹底毀滅，將愛情毀屍滅跡，因爲他的問題永遠得不到眞正的答案。

那就是：

你愛我嗎？

你眞的愛我嗎？

＊

這哀悼的最脆弱之處，莫過於我不得不失去一種語言——戀人的語言，那就是「我愛你」……

我愛你我愛你我愛你我愛你我你我我我——

戀人的孤獨不是人的孤獨……而是一種系統的孤獨：我獨自一人把它變成了一個系統……

我。在。等。你。

回頭。

回答。

回電。

不。回簡訊就好。

正是由於我將你名爲你，才使你逃脫了分類的死亡，使你擺脫了他人，使你脫離了語言，我願你永遠不朽……

喔閉嘴！你的喃喃自語已經令我不耐煩極了！

不不是說你，我正要發簡訊給你，但是你會直接就將它刪除嗎？多少封都已經石沉大海——

……情侶不再接受任何意義，不論是來自我的，還是來自他自己的系統；他只是一個沒有上下文的文本……

夠了夠了！我不想再聽見你在我耳邊繼續這樣絮絮叨叨，你說的我全明白，但我不是你！你活著的時候連手機是什麼都沒見過，你憑什麼在我耳邊一會兒文本、一會兒系統、自言自語說個沒完？如果王爾德讀了你的東西，他會怎麼說呢？眞是一個取巧的傢伙呀！用一套拆解的遊戲來逃脫自己不能面對的事，對吧？我可是明知這事的曖昧渾沌不明，卻仍要去身體力行耶！

酒保走過來爲我的威士忌添上冰塊，問我怎麼一直在看手機。

我知道他話中有話；這裡的人都知道我愛你，都說你我並不適合。但這樣的說法仔細推敲起來，眞是一點意義也沒有，如果你我還如以往同進同出，有人會白目跑來說：你們其實不適合哩！

可是現在只剩下我一個人坐在這裡。

*

最後一次見面，我將手機放到你面前，掌心大的螢幕上是我問不出口，只能打字輸入的兩行字：

我們之間是不是愛情？

按一個是，或不是，就好。

你不肯按任何一個答案，只說：我對你好不好，你應該知道。

當下，自以爲善解任何語意的我只有愣在那裡。

穩坐被愛一方的，知道手中掌握著對方幸福幻覺的，根本不需要談論愛還是不愛這個問題。他們只需要用直覺。反覆敘述、組合排列語意的，總是不滿足的一方。

解構大師對所有愛情敘述背後所流露的迂腐保守虛僞表示不屑。問題是，他仍然想談論，然而他的敘述早在絮語成書之前，就已曾被直覺的一方崩解。

權力才需要被解構；愛情只能不斷書寫。

戀一個人的折磨不是來自得不到，而是因爲說不出，不斷自語，害怕兩人之間不再有故事。符號大師把愛情變成了語意，語意變成了文本，又將文本轉成了系統，只因終有一個說不出的故事而已。

這世上凡事一經指認就成了約定俗成，綁住了你我，越是想讓對方明白，卻越離自己更遠，越覺違背心意。如果禁止不了自己朝對方撲倒陷落，是否也就不必九牛二虎企圖爬回地面了呢？不如脫下西裝，嘿嘿笑兩聲，蹲在原地就好。

解脫。解／脫。解構了約定俗成，就眞能逃脫得了嗎？

我需要愛情故事——這不過是我求生的本能，無須逃脫。

「我愛你」一出口就是符號了。這樣的悲哀，我當然懂得。

把玩著手機，思量片刻，我還是決定發送簡訊——

天寒多添衣。

（待續）

05

夜行之子

nightly

君無愁

他被窗外落葉的聲音喚醒。翅膀拍打似的氣流震動劃過耳際，昏昧中他感覺自己是那脫離了枝椏的黃葉，眼看著就這樣朝地面衝去，但那距離竟愈拉愈長，毫無飄落的輕盈，成了俯衝失速的墜體，只剩下風聲——

落葉應該是靜悄的不是嗎？猛地睜開眼，以爲是夢。他移動了一下微僵的頸脖，目光投向窗口。

月色中那棵桑樹竟在一夜間全禿光了。

霎時某種不可說的力量將他釘在床上不敢動彈，只剩眼珠子骨碌碌從窗口轉進室內，影幢幢的一片煤黑外毫無動靜。嘗試動動腳趾，小心調整自己的呼吸。呼吸？意識逐漸如影片倒帶迴轉，定格，他憶起最後舉起水杯仰頭的動作。一切在那刻都應統統停止了。沒有夢，沒有樹，更不會有呼吸。他不確定這是否就是死亡。

照說他是死了。

一路繼續維持著平躺的姿勢，閉起眼，期待這最後殘留的意識或許會如同蠟燭燒盡熄去。靈魂滯留，敢情是。他無法控制自己的靈魂驅策它快快上路，這個念頭令他沮喪。多麼熟悉的感覺！這種無能為力。想像中的魂魄虛散幻化並沒有發生，他反倒覺得自己愈來愈清醒，比起病痛時奄奄待斃的他，此刻精神竟無端端矍鑠。

母親往生前的那一夜，他看見她獨力撐坐起身，槁乾的胳膊朝他伸來想要握住他的手，弟弟弟一聲聲喚。我放心不下你啊——母親的眼神已渙散，對不上焦，彷彿玩偶的假眼珠子被人重擊後兩兩往相反的方向滾動，成了滑稽的表情。當時不敢笑，只覺得恐怖，原來這就是死亡逼近的癥象。死亡喜歡滑稽怪誕的把戲，因為那是摧毀生命尊嚴最好的方式，讓迴光返照中悲傷的母親的臉變得像卡通般可笑。母親的遺傳基因在他體內盤踞，兩年後他也被診斷出肝癌時，當下讓他決定不要等到自己沒有尊嚴地連眼珠子也全不聽使喚的那一天。

傷心失望總有盡頭。他答應母親會好好照顧自己。現在，他連自己是死是活都搞不清——如果「現在」還具有意義的話。

生病的事父親毫不知情，自母親往生後兩人沒什麼話可說。動過手術做完化療一個人拖著半條命，回外頭自己租的小套房，養病三個月夜夜嗅的是林森北路上的通宵酒粉。他覺得自己會好起來，醫生說初期不是？仍回到酒吧上班，感謝老闆的慈悲，每月業績都不跟他計較。按時上下班，定時回醫院複檢，他的求生意志並未改變他這大半生註定的霉運連連，癌細胞還是擴散。剩六個月，醫生偷偷搔了搔長了濕疹的褲襠其他不願再多說。他記得自己愣坐在那兒，尷尬靜默半天，怎麼走出門診治療室的竟全沒印象。週末回到老家來，決定要死也要死在這裡，他並不眞的是孤魂野鬼。

緩緩抬起手臂往床頭櫃上摸索，闃黑裡抓起小旅行鐘只見數字閃著螢光，指著一點零五分。服下了所有藥丸時他記得分針時針成直角的圖形。這鐘一直還在走，時間沒有暫停或消失。可能四個小時，也可能是四百個小時過後的凌晨一點零五分，他，張民雄，看清楚了自己身在老家，他的三坪小房間裡。

他在黑暗中摸著牆進了浴室，扭亮了燈，在鏡中出現的人影用同樣困惑的表情回望。想到那無預警禿光了的桑樹，他起初不敢碰觸自己現有的肉軀，怕又是死亡惡意的玩笑，一碰這身體立刻會在眼前粉碎。遲疑著最後只敢用發顫的右手試探地觸向左手，這才確定不是視覺的作祟。

母親那雙手他記得。一個人即便容貌身形已憔悴不可辨，手心的觸感可以始終相同。死去又活來，他看見尚未被病痛折磨過的母親面容出現鏡中，雙頰肌肉微弛卻仍豐滿，千年不壞的紋眉瘀傷似的青青藍藍。在端詳病床上昏沉的母親時，他曾想用力把那紋痕擦去。此刻他盯著那對眉毛，笑了。

隔牆那睡夢中的老人翻身嘟噥囈了幾句，他急急退回房間。不能讓父親看見，說不準老人登時嚇到心臟病發。

究竟是他放心不下母親，還是母親放心不下他？

＊

一個五十開外的女人身著牛仔夾克走在林森北路上，拐進了小巷，步下僅有隱密小小招牌「君無愁」的酒吧樓階，推門而入。

週六凌晨兩點生意正好，一屋子男人喧譁，公關忙得沒多注意她獨自在吧檯找了個空位坐下。這地方偶爾有T婆出沒，這個男裝中年婦人看來夠滄桑，公關阿Ben心想。

＊

阿Ben，又喝多了齁。你絕對想不到發生了什麼事。還是別告訴你的好，你一向膽小，如果你知道活夠了是什麼感覺，你也許可以原諒我走了也沒跟你說一聲。在這個地方除了大哥對我好，我也只有你這個朋友了。我不知道該怎麼與你道別，就當我去了很遠的地方好嗎？你看你自己喝開了就忘了清桌，待會兒二姊又要唸你。大寶回來上班了嗎?你幫我勸勸他，賭和毒這兩樣東西不能沾。你認不出我最好，我只是想再回來看一眼。你向我借的那本小說你就留著，我也沒什麼給你作紀念。十一桌都是誰啊那麼吵?原來是他。你別多事!喂喂!我都不氣了你還嘔什麼?人家就是有本錢，玩一個甩一個，我後來也想通了，這根本就是一個願打一個願挨。今晚教授有沒有來?他還在迷他嗎?我當然是來看你，但是你不會怪我都要走了心裡還掛著教授吧?我要走跟他沒關係眞的。我的病沒得治了，像我媽一樣最後只能等死我不幹。我媽死的時候還有我，我要死了有誰?你相不相信有人一輩子就是倒楣倒到底?我一直還相信自己會好你說可笑不?我還想自己好起來之後要談個戀愛，三十五了，除了高中那一段我一直沒碰到人。雖然我沒跟你明說，你大概也知道我說誰，否則你不會一看見那個Jimmy就有氣。其實沒有他出現，我跟教授也不會有什麼的。你會不會記得，下次看見教授，至少讓他知道一下，我走了。

＊

三十歲以前的他已經牢裡進出過，勒戒所待過。永遠三分頭剃得髭短，高中就進了幫派，一瞪眼小混混都不敢造次。病去了半條命，瘦也依然瘦得黝黑陽剛。父親山東人的高額挺鼻與母親原住民的晶目濃眉，兄姊們沒人得到好處，全便宜了他一人。從沒人猜到過他喜歡的不是女人。

沒所謂愛與不愛。解決了需要，下回的孤獨無愛再浪襲總是一個月、或更久之後的事。人生想要存心蹉跎一切就簡單多了。十八歲那年傷心過一次他就放下了，自己是不折不扣問題壞學生，沒來由對每日公車上相遇的那個瘦白的明星高中生發傻，夜裡打手槍想著對方淡青血管微突的頸，竟還流下眼淚。枉然，枉然，他不僅一生得背著個壞字，現在還多了個恥字。打架勒索從沒令他有愧，是初戀，是愛的無望，讓他懂得了不甘和自卑。

直到三十三歲那年，他全心全意守著病中的阿母，如同這中間的二十年荒唐都沒發生，他又成了孩子，只是個害怕至親離棄的孩子，一切好像可以重新來過，他可以好好長大不要躲藏。夜裡給菩薩燒香，他求讓阿母少受些苦，也學會求自己的新生。

他明正言順開始流露隱瞞多年的溫柔，買菜洗衣煮飯，細心地爲母親擦身梳髮，黑高的一個大男人在屋裡輕手輕腳端茶送水，好天氣不忘體貼地抱母親到院裡曬去些藥霉味。父親幾乎不進母親的房間，一輩子的婚姻到了最後一程竟如此漠然平靜，他不懂。晚飯後父親在客廳看他的清裝連續劇，他踞坐母親床邊的板凳上，打開收音機找警廣老歌節日陪母親一塊兒聽。聽到鳳飛飛唱「相思爬上心底」，他不經意跟著嫋嫋哼唱。相思好比小螞蟻，爬呀爬在我心底，啊尤其在那靜靜的寂寞夜裡……

從來不相思的他，想到三溫暖燈光昏昧的走道上，偶然某個似曾相識的面孔朝他涎笑，他看在眼裡打心底鄙夷，多麼懦弱，這些人！他早早便以冷酷凍起自己成雙的慾望，明白自己屬臺味酷男的吸引力，再寂寞也得用傲蔑之心撐起無懈可擊的陽剛。然而鳳飛飛讓他繳了械，那樣俏皮的小小折磨，不知道那個當年公車上的男生，現在怎麼樣了？子女成群了吧？對方怎麼想得到，有他這個人在一個微涼的秋夜裡記得……

母親憂愁地望著他，欲言又止。當她問有喜歡的人嗎？他沒法控制那樣突來的驚慟，便哭了。

他在那一刻決定，在人生的下半場，他要找一個人，好好對待人家。或者說，他才意識到自己原來是渴望被愛的。

*

我叫阿Ben，來過嗎？

職業性地快速打量了對方幾眼，努力在記憶中搜索，他說不出在哪兒見過這T婆，但決不是在店裡。

那女人向阿Ben打聽Jimmy。染了一頭金髮的公關不屑回道：妳是他朋友？不是。中年女人邊說邊把牛仔夾克的袖口推到了胳肘，阿Ben像被提醒了什麼，盯著她的動作沒眨眼。我只是聽說，他好像很紅？阿Ben聳肩一笑：紅？

總有人喜歡他不是？

阿Ben挑釁地一揚眉：看來妳應該也是打過滾的，這問題還需要問我嗎？

T婆不再作聲。阿Ben幫她端來兩瓶啤酒，一碟小菜，先乾爲敬。發現老女人正著魔似地緊盯著自己瞧，正要放下杯子，一吃驚手打了滑。

阿Ben，眞的不認得我了？

阿Ben不能點頭，卻遲遲不敢搖頭。

*

母親走了。

一年不到父親就開始在外面風流。一回，他想看看老家，沒先撥電話就出現，結果一進門屋裡全黑，既陌生又熟悉的舊物發出嗆鼻濕氣。他在黑裡坐了一整晚，直到清晨濛灰中起身關上門離去。那個家還在的時候他不想回去；現在他才有感，自己是個沒有家的人了。他那時還不相信自己翻不了身，不像店裡其他同事愛摸八圈買奢侈品，他開始存錢，想像能有自己的一個家。

他打了個會在通化夜市賣起成衣，不諳地域屬性又逢景氣紅燈，半年後血本無回。跑去做大樓管理員，延拖了三個月沒繳出身分證被解雇。然後生病，正式的班上不成，從酒客變成了Gay Bar公關，也是一種下海了。老闆大哥勸他別多想，一個人也還不是要喝？這裡讓你喝個夠。

他下海的所在被圈裡人賤鄙爲「餿水吧」，意指殘羹剩飯大收集桶，只因上門的都有些年歲，禿頭便腹者佔多數，走臺客本土風。不過臺北的Gay也生來賤，嫌歸嫌，到了週末午夜一過，一圈跑攤下來沒戲唱還不都乖乖來蹚蹚餿水。孤枕誰不怕？可以端個架子自我感覺良好，一人回家也虛榮。他早就看破這一套，客人要他唱歌喝酒他從沒廢話，活著太累，混口飯吃不是？但那人卻在生意冷清的週日夜裡上門，文雅客氣，小弟送上毛巾他還點頭說謝。他在後面角落偷覷，二十年前初戀的恥與痛瘋狗浪般在胸腔撼震。

那個明星高中男生到了今日恐怕就是這個樣了，斯文本分，西裝畢挺，根本不該出現在這地方不是？二姊先去招呼，妖氛俗氣顯然不受青睞；阿Ben學生型最討好，可沒見過他在哪位客人面前這般坐立不安過。他鼓起勇氣過去捱著阿Ben身邊坐下，斟酒，不敢抬眼多看。一有熟客上門阿Ben立刻彈起像警報解除，丟下他與對方獨坐。那人伸手摸菸，他搶一步把打火機點著，一隻掌顫巍巍護送火苗。青煙噴，那人笑了，害他竟紅了臉帶著討好問聲：唱歌嗎？

登時羞慚自己的老天眞，他猛灌了幾口酒。那人像賞字帖似地一頁頁翻動歌本，看到〈港都夜雨〉時又朝他一笑。等他握著麥克風站在小舞臺上，發現沙發座上那人目不轉睛望著自己時，他心裡唯一的念頭竟是要好好活下去。

他希望身體快好起來，就不要再做了。

*

阿Ben哪，你不得不承認這世界是不公平的。Jimmy那樣的妖貨頂著大學生一片歌手的頭銜哪裡不好混，怎就偏愛來我們這裡攪和？把那些歐吉桑迷得！我只是沒料想到教授也會吃他那套。第一天晚上他們見面，我就知道不妙了。我沒跟你說過，當晚我過去敬酒時，Jimmy已經半偎在教授懷裡。我說教授好久不見了，他竟然扯住我袖子拖我到身邊壓低聲音說，你不認識我，知道嗎？我也只能照辦，不然還能怎樣？教授趁Jimmy上洗手間問我有沒有生他的氣？生氣？我爲什麼要生氣？我問他，他就答不出話了。我沒有，眞的沒有跟教授有怎樣。我什麼風浪沒見過，怎麼會爲了一個客人——你一直誤會了。我生氣，氣教授怎麼那麼傻，被玩弄成那樣自己都不知？只是因爲Jimmy穿皮褲愛露胸嗎？沒出來玩過的中年人眞可憐。Jimmy今晚跟沒事一樣照樂，他一定看到新聞了才對。這叫狠角色。

*

他這年才三十五，算八字的說他命中缺火，今年又沖午火要小心，但是他虔信母親在天之靈必有保庇。直到化療半年後檢查報告全不是那麼回事，可偏偏他又在虛惘紅塵中跌得更深，眷戀著活下去讓他在夜裡無顧狂笑。想起一個兄弟毒癮染愛滋，哭著對他直說好後悔、好後悔。他該慶幸自己得的不是什麼見不得人的病，但是他到底後悔些什麼，他理不出頭緒。

他總拿出和那人初識夜的經過翻來覆去想，似乎其中藏著答案。他記得說到自己最喜歡的一部電影叫《油炸綠番茄》時，那人吃驚的表情。他在那陌生人面前第一次細數自己讀過的小說，對方竟每本都知道才更教他心喜，只因當時不知那人的背景。在對方眼裡，剃三分頭穿夾腳拖鞋的男子是餿水嗎？因爲並無自覺，他那晚說個沒停，說到母親過世，自己在作化療，那人突然岔說那怎麼還喝酒？他頓了頓，一句平常卻始終沒人這樣問過的話，讓他無法回答。

埋單時那人說，留個電話吧！大哥規定過和客人不准出這個店門，他偷偷把字條夾在零錢裡塞在對方手裡。

那人始終沒撥過他給的那個號碼。可是沒多久他便常在週五週六夜出現了，不再拘謹，與其他客人自在攀談敬酒，和喜歡叔叔的小妖們勾勾搭搭。

爲什麼連他都熬不過寂寞？他以爲他還有機會和對方說自己學會用茶混充酒了。他再也沒機會讓對方知道，週日午後他喜歡在路邊攤叫瓶啤酒，切盤鵝肉，讀著剛買來的小說。

醫生宣佈治療無效後他便再也不讀任何東西。週日發呆也是一天。

他想忘記所有後悔的事。包括自己留過電話給那人。

某國立大學已婚教授與新生代歌手同志戀曝光。那斗大的八卦報頭條標題，讓他再也分不清後悔與悲傷。

＊

那穿牛仔夾克的中年女人目光開始緊盯住十一桌，教阿Ben說不出爲何有些不安起來。

十一桌的Jimmy帶來一批他的徒子徒孫，假以時日個個都將成害人精。誰遭毒手都是自己犯賤，阿Ben才這樣想著，那T婆豁地跳下吧檯高腳椅朝十一桌走去。

看到那邁步的背影，驚叫卡在他喉頭怎麼都發不出聲。

*

禿光了的桑樹在月光下抖著椏，被看不見的風拴住似地掙不脫。有葉的生命與無葉的生命，差別只在前者還有孤單的瀟灑，後者看起來只剩一種驚惶。

他回到床邊坐了半晌，才確定自己已是無葉了。

甚至於他連自己的容貌都已沒有清晰記憶，浴室鏡中的人，病前的母親，她那頭灰白參差的長髮披繞在自己肩膀。他想起最後爲母親擦身時曾目睹的一對癟奶，不由自主便伸手探向自己胸口，一驚縮回手。腦裡空白了一下才又用手撫住胸，揉著揉著便發出一聲乾笑。這具新的身體他能擁有到何時？死去又活來，氣數還是逼近零點。多這一趟，也是由於這嚥不下的一口氣吧？他已沒有剛剛睜眼時那麼有精神了，每一呼氣都讓他覺得更虛弱。他撐起身子，把脫在床頭的衣物一件件套上。沒時間去翻出他私藏在床底那件母親長穿的洋裝了。那對癟奶在鬆舊的汗衫底下晃盪好不自在，他掙扎走到衣櫃打開門，取出他生病後就沒再上身的那件牛仔外套。

起風了，他現在有了一頭長髮在月光下飄。

*

看著那女人一刀捅向十一桌的Jimmy，阿Ben一時愣住沒法反應，直到同桌小妖們鬼哭神號起來他才有了知覺，感覺那個牛仔夾克的身影從眼前閃過直朝大門樓梯奔去。他一路跟追，身後疊聲酒杯哐啷啷粉碎落地。不可能不可能，他不停跟自己說。

門口蜷倒的人影看來好安詳。雄仔——他試探地喚。

那T婆早已不知去向，她怎會穿著雄仔的牛仔外套？難道是自己看花了眼，明明坐他面前的就是半個月前離職的雄仔？起來了，你不能醉倒在這兒，大哥看到會罵人喔——

那人無聲無息躺在原地，水果刀緊緊握在手中，一雙濃眉微鎖。「君無愁」的小小招牌閃著霓光投影在眉間，彷彿他的睫仍因一個遙遠的夢在歙動著。

06

夜行之子

轉世

nightly

半年前那一夜，碰到一堆難搞的日本人兩攤結束還意猶未盡。帶著那群社長桑們穿梭於七八條通，懸於樓間一個個片甲平甲漢字英文雜混的店名映入眼中，有的早已歇業，不免心中暗自欷歔。只做日本客的幾家老牌子也都快活不下去，景氣不好，少了觀光客，能靠的總不外那幾家日商。走過中山北路，彎進狹曲幽深的長巷，像是踩入堆滿了東京歌舞伎町佈景的陰暗後臺。撥手機跟一個相熟的酒保求救：嗳，有沒有安靜一點、格調高一點的地方？被小姐摸了一晚上的大腿幾乎快逼我現出原形。

有一家新開的呢，對方回報；走俱樂部風，不像其他酒店已引進檳榔西施招攬臺客。

果不期然，坐電梯上了十樓，「萩」字招牌黑底金字，一推門紅牆檜木地，光線明柔，不必摸黑如進盤絲洞，也沒有流俗的鏡相環生如同迷宮。鬢已染霜的你一身白西裝上前迎接，我懷疑登時你就已察覺我的勉爲其難。不知你是拉攏新客頗有手段，還是同類相憐，盡在不言中，喝到無狀的社長桑們幾度鬧我與小姐多喝兩杯，都靠你解了圍。

你堅守送客必親自送上車的店規，一直到車子開出酒色嗆人的煙花大街，我的腦海中還留著你在路邊深深一鞠躬的身影。

你沒打探過我的身分，我也從不透露對你的好奇。這些日子以來，我在你眼裡不過是個日本商社的職員。但是從你每回瞟向我的眼神判斷，你知道的又似乎太多。同類對彼此的氣味總是敏感，刻意避開的原因不難了解，這畢竟是個逢場作戲的地方，我討我的生活，你做你的生意，大家社會上打滾，不必相認點破。

我開始固定帶客人上門。說也奇怪，來你店裡喝完，日本人多半不再吵著續攤。

一回送走了客戶，你我站在路邊點起一根菸。你頭一遭問了我一個與生意無關的問題：幾年次的？聽完也不過就漠漠回我一句：喔我們同年。

因你的霜白兩鬢，我一直猜你較我年長。莫非收山了，絕望了，中年滄桑一身，不必再惹那些牽牽絆絆？難道是我猜錯？你並非屬無家無婚無愛，揮霍完了青春只得退隱江湖一類。也許你有妻有子，也許你根本不是——

我周旋在粉味酒場情有可原，你又有何隱情？

我一直不解，二十多年名駿箭神柴可夫斯基裡一批批湧進的少年郎，如今何在？那物質不滅定律怎說？我輩總不可能憑空消失。是轉爲異男，走進婚姻了嗎？或自慚形穢，開始足不出戶，吃齋唸佛洗贖罪孽？究竟還有多少如我，幽冥邊境來回躊躇，徨徨不知所終？

凌晨兩點，七條通裡閃熠熠、亂叢叢的霓虹仍未滅，你這藏身於商辦大樓裡的小俱樂部，卻是一出玻璃門便如置身空谷，整座建築物早已陰森無人。眞佩服你有膽開店於此，竟然從不滿座也能撐過去年的金融海嘯。反常的是，明明是經濟衰退，粉味店一家家關，臺北gay bar卻在這時一家家開。一人飽全家飽的族群，完全不懂得共體時艱，難怪要惹世人厭。我納悶，趁此時機削同類的錢，你豈不更駕輕就熟？難道管幾個小帥哥不比帶這些白目美眉來得養眼？

偶爾街頭看見我輩中有人追風趕時髦，平頭垮褲口字鬍，刺青胸肌緊身衫，顧盼自得之際，只要身旁此時走過一個陽光弟弟，可以立見大叔眼中那既是洩氣、又是垂涎的複雜表情，我只能哀矜勿喜。除非髮稀皮鬆仍花枝招展，把心一橫就做起老不羞，誰還辨得這身體裡曾經高漲男色？

偶遇幾個老不死的舊日酒友，現在人家也懶得跟我應酬，浪費時間在我身上作啥？青春肉體一具具，吃一口就可幻想長生不老。當年我也曾是吋吋上肉，豈會讓歐吉桑有機下手，壞了身價？這道理那些老不死的不會不懂，但，除非抽身，誰又願意承認？

這些年來我總一身呆板的襯衫西裝褲隱形於人世。

青春愛慾早已脫離肉身，某天醒來，一把骨頭喀嗤作響，打開報紙，鉛印小字如在水槽中浮旋難辨，才知道邁入中年不是漸進，而是赫然降臨。就從那一天起，各式中年癥狀群起發難，脹氣頻尿，肩痠頸硬，打個手鎗也能半途呼呼入睡而不覺。

就連距離上一回癡心妄想白頭也十多年前的事了。三十五那年愛上一個二十二歲來臺灣唸中文的東洋弟，爲了他我失心瘋追到東京，唸語文學校、買禮物、度假、泡酒店……幾年內散盡了我父最後留下的那筆錢。若當年隨便買下一個臺北市的二手公寓，到今日翻幾番價錢了得？

只能說，雖生長於大門大戶，我天生孤寡命一條，註定敗家。

＊

在這店裡少見獨自買醉的臺灣客，就算出現也都被安排在吧檯位，今晚他一進門就獨佔一桌。莫不是你特別交代過，否則小姐們怎會任他清靜獨飲，只留給你過去招呼？兩人鞭辟入裡一窩，似乎不想被干擾。

整晚上我一直用眼角餘光偷偷打量。咦，露餡了吧你，兩男互望怎會有這般惆悵神色？而我偏偏不識相，自上前敬酒，一句話問得你們倆面面相覷：這位老兄，剛才我聽你唱歌——你的發聲，有點京戲的底子。沒錯吧？

你略遲疑，揚揚手，邀我坐下。他唱的是大陸藝人李玉剛的「新貴妃醉酒」。舉杯對月情似天，愛恨兩茫茫，問君何時戀。京劇乾旦跨足流行樂，美兮倩兮，可他這曲子不是一般人能唱得的。

我向你耳邊再補一句：梅派的。

他耳尖聽見，朝我一挑眉：是梅派，沒錯，你這人什麼來頭？挺行家的。語氣雖帶笑，眼裡卻淨是警覺。這年頭哪怎還有人梳個周潤發在《上海攤》裡的大油頭？白刷刷的一張臉，頭髮朝後抹光了露出一個大腦門兒，就差付金邊眼鏡，就成了《霸王別姬》裡面的葛優，袁四爺。

氣氛倏地凝滯，不知你與他在尷尬什麼？兩人又是那樣欲語還休地一個對看，接著他輕咳了一聲，將三人的酒杯斟滿，強作愉悅地：也算是有緣，京戲大家都懂點兒。來，乾一杯！

今晚他一開口，我當下心裡就已有數；讓我吃驚的反倒是你。

之前只知你日語流利，國語老歌唱來字正腔圓，沒想到你這本省人還懂京劇呢！至於你這朋友，以前沒在你店裡看過，但外省官家子弟我可見多了，怎麼你會跟他扯上交情？我恐怕小看了你。

是酒意嗎？站起身竟感到有些頭重腳輕，什麼時候連酒量也不行了？我頹然一落又坐回。

不是酒意，是一股莫名寂寥往心頭衝：你們倆是一對？

你噗嗤一笑，直說別亂講，人家可是有老婆小孩的。冒牌的袁四爺則幽幽一嘆道：我現在才知道什麼叫見鬼了——

也許，所有的鬼都希望被人看見哩！眞讓人見著時，是對凡塵陽間突然又生眷戀呢？還是這才甘心撒手上路？我們這種人，其實就像鬼到處都是，可惜只有少數人看得懂認得清。這也說不定，或許視而不見才是自保。好吧，就當他非我族類，但你與他之間鐵定有些什麼事不爲人知。

人眞是不可貌相啊，都怪你這個地方虛虛實實的讓我疑神疑鬼。可是在這傢伙面前我竟然不打自招，不免懊惱自己的冒失。

我可是將門之後。

我父十八歲那年投筆從戎，殺日本鬼子勦匪皆立下戰功，官拜四星。老來得子，生前與我同行總會被誤認爲祖孫，他對我就是一個寵字。罷了，老人家八十歲歸西，只遺憾沒抱到孫子，不知除了無後外我眞正的滔天不孝大罪。

十六歲那年我就勾引了我父的傳令小徐。事後我照樣坐著那人開的車讓他接送我上下學，他卑微又貪婪地從後照鏡中打量我，一定猜不透我究竟是什麼妖種投胎。早熟的身形輪廓分明可見將門虎子的魁健，將我腰身環攬才知骨子裡流的盡是禍水。

十八歲那年這個謎終於解開，我是老父外面的女人所生，血統不純正，有一半的煙酒風月殘跡。話說抱回來養也沒眞的麻煩到誰，我喚作媽的婦人成天打她的牌，佣人廚子負責打點我的起居，傳令兵徐哥則開啓了我的人生，夫復何求？那我親生的媽呢？據說那女人是個飯店女侍。可憐我那老父七十五歲中風後，元配便吵著要離婚分產。

女人哪，同男人一樣，靠不住。

再回到臺灣，公家宿舍在政治變天後已被雷厲風行討回，反正家已分、人已散，那老房子不過是個恥辱的印記。在日本人的公司裡當業務，只因除了日語和社交能力，我別無所長。臺灣人、中國人、外省人、日本人種種標籤於我都只像變換衣帽，都成了我尋尋覓覓慾望難填的最好掩護。在北京有男陪的KTV包廂裡，靠在我胸前的黑龍江少年喃喃直說：你們臺灣來的客人忒好，不來那些下流把戲。在上海小公園的暗處，我操著重重的東北腔，警告摸我褲襠還想順手抄走皮夾的小赤佬：不瞧瞧你爺爺是哪兒來的我肏你媽個屄！臺客頂著下體猛抽劇撞問我甘有爽？我也齜牙咧嘴大喊有爽助興。

已經失去了一切身分，我只剩施暴者與受虐者兩種角色可選擇。

對你來說，我又是哪種角色？

*

他那兩下子，差遠了。我才是科班出身喲——你仍慣常地慈目低眉斟酒。眞要來上兩段？沒問題，絕對奉陪！

一轉頭，你又起身四處巡桌去了。天女散花敢情是，舉手投足總像帶了板眼，這酒場分明就是你的戲臺。我驚訝來你這兒喝了幾個月，卻從沒注意過你一身的戲味兒。你剛說，你是科班出身？什麼意思？

你這朋友與我過招一輪，卻仍不放過我，繼續出題，想知道我到底什麼來歷。

梅派青衣祭酒顧正秋民國六十七年復出登臺爲的是哪椿？

蔣經國當選總統。

演的是哪齣？

鎖麟囊。

還能有比在日本演歌爲背景的七條通酒店裡聊京劇更荒謬的嗎？我來敬酒可不是爲了知音難逢這種濫情理由，實在是好奇，你倆究竟是什麼關係？

看出我的心不在焉，冒牌袁四爺換了話題：算了不談戲了。你知我知，好日子早結束了。白先勇筆下像尹雪豔那樣的女人，我們小時候都見過的，對吧？是見過，只不過得叫一聲白奶奶，天底下沒有不老的女人，我說。聽說你常來？在日本公司上班，應酬難免——我朝他舉了舉杯：你的國語怎麼還這麼標準？難得！我現在住上海，偶爾才回來，看看老朋友。喔，是「住」在上海，不是「公司在上海」。言下之意是個游手好閒的少爺。

所以你們是，老朋友？

我跟阿良嗎？

他朝櫃檯後的你瞟了一眼：算是吧！他得喊我聲乾哥。阿良小時候家窮念的是劇校。我母親愛聽戲，收了些劇校裡沒爹沒娘疼的學生作乾兒子乾女兒。阿良小時候是塊材料，很得我母親喜歡，第一次他挑大梁唱鐵鏡公主時，還送了他整套行頭。長大了身體不聽你的，嗓子變燥了個兒又太高，他知道沒前途，不唱了，出來做了幾年紅頂藝人……

你原來是個不認輸的，正牌青衣轉行變裝秀藝人，你怨過嗎？還是就此徹底解放，再不必介意旁人眼光？你這個乾哥，聊起你的過去竟然一派正經，倒教我慚愧似乎對他的第一印象下得魯莽。對你這個已墜風塵的童伴，他並未流露勢利或揶揄：

在做紅頂藝人的時候，有個日本人很迷他，只要來臺灣必來捧他的場。去年日本人退休了，拿錢讓他開了這間店。每個月日本人會來待個一星期，跟家裡老婆有個說詞，他在臺灣有投資。有時阿良也幫那個日本人招待一下他在臺灣的朋友——

一股酸冷情緒冷不防沖醒我的酒意，原本聆聽時保持的微笑頓時僵住。你並不認識我，這樣大辣辣背後說阿良的隱私，不會太缺德嗎？

不料他將酒杯一跺：雖然第一次見面，但這些話他之前不好自己說，現在也只能由我來轉達了。你眞不記得發生什麼事了嗎還是冷血？你今晚不該出現的！

想起你和他對望時流露的絃外之音，竟是在談論我？

最後一桌的客人準備埋單撤退，我環顧四下卻不見你的蹤影。你乾哥起身幫忙吩咐領班收桌，並交代把店門拉下。莫非是你那個日本人回來了？提早打烊好讓你與老相好共度良宵？

不一會兒小姐們都已換下了紅裝綠裳，恢復符合年紀的牛仔褲T恤打扮，嘰嘰喳喳放學似地打身邊走過，對我視若無睹。店內大部分的燈已黯下，只留舞臺與吧檯幾許微光。本該趁當下無人離去，一時竟無法起身，太陽穴像敲進鐵錐般疼得我兩眼發昏，換到絨布沙發區臥下，我立刻癱軟如泥，舞臺在眼前迷濛成一圈霧光，只覺眼皮沉重完全不聽使喚。你乾哥走回我們喝酒的角落，背光不見表情，只聽見他乾而虛的聲音：

我只是傳話人，別怨我。悲劇已經發生了，計較也沒有意義了。快上路吧！希望你一路好走……

＊

一路好走一路好走一路好走一路好走一路好走……可是走不遠的……校慶了，黑頭轎車從校門口一路排到了小山坡下，校長穿著深色織繡錦緞旗袍站在門口朝家長們鞠躬作揖。同樂會中小朋友被安排表演節目，男生不外是相聲雙簧女生便是民族舞蹈苗女弄杯打連廂，最該死的是年年壓軸都由我和另一個女生粉墨登場票一段京戲《賀后罵殿》或《四郎探母》誰教我有一個戲迷老父平日家裡就有票房琴師文武場？看我小不點兒一個掛上髯口上臺我父坐在觀眾席第一排總笑得合不攏嘴。他教我學的是老生戲殊不知每回在後臺看那個小女生吊眉貼片我都看得發傻。隱藏成了適者生存的慣性法則久而久之亦忘了究竟爲什麼要隱藏。直到出社會那頭幾年我玩得夠瘋受不了老父在家對著電視機裡國會亂象新聞天殺的狗日的沒遮攔亂罵。街頭抗爭怎麼如火如荼我在圈裡就怎麼百無禁忌偏偏喜歡的是帶了點日本味的本省男生。我讓他們肏我如果沒有近藤眞彥眞田廣之翻版我也可以讓嚼檳榔的粗勇臺客上我。反正就是要臺一定要臺我沒法跟外省人打炮。我父八十歲壽筵那天同袍部下都到齊連昔日的琴師文武場都來爲他拜壽。一廳堂的老外省人難得忘記才被人罵做外省豬滾回去的錯愕悲憤把酒盡歡猶如當年戎裝煥發。鑼鼓點一起絃聲不輟老先生老太太們爭相來上一段。我父唱罷執意要我也上臺，我爲難地從他掌中把我被他拉住的袖口使勁抽出一抬眼卻只見我父蒼老的臉上竟是孩子似的傻笑：弟弟乖，爸爸好久都沒聽你唱戲囉……我一段《讓徐州》唱得七零八落，下了臺走進盥洗室才知自己早已滿臉的淚——

恍惚間只聽到有腳步聲窸窣。撐起眼皮瞇望，出現兩個人影拖著瀑布似長袖飄飄然前行，驟然有胡琴揚，燈光明，出現青衣水腔婉轉——

春秋亭外風雨暴，何處悲聲破寂寥？隔簾只見一花轎，想必是新婚渡鵲橋。吉日良辰當歡笑，爲何鮫珠化淚拋？

兩男穿著戲衫捻起水袖，眉眼風流，字圓音潤。這畫面讓我頓時意識清醒。**風吹動轎簾兒用目觀瞧，她與我俱都是閨閣年少，爲什麼她富貴我卻蕭條……**《鎖麟囊》中春秋亭避雨巧遇一折。薛湘靈與趙守貞，兩個素昧平生的女人，一段命運偶然，一場情義之交。我忍不住在一段流水快板後鼓掌喊了聲：好！

啪啪啪啪啪，耳旁升浮起的滿堂彩難道是我的幻覺？眼前是人是鬼？我究竟身在何處？你唇頰的鬍渣經過一夜都已茂盛了，戲衫都沾了霉點子了，燈影都發青了。**一霎時把七情俱已昧盡，滲透了酸心處淚濕衣襟。我只道，富貴一生鑄定，又誰知，人生數頃刻分明**——胡琴聲斷續宛如發自古董留聲機，又不知何處傳來日本演歌的旋律回音震盪，一波波將那琴聲蓋過。

霎時間你凝目如人偶，粉白臉上胭脂沉暗，色如豬肝。

爲何他垂頭嗚咽如斯？我又爲何周身冰涼如斯？

戛然聲停，空氣中只剩胡琴嗚咽流轉。你舉起水袖，緊按住自己的咽喉，腳下踉蹌。阿良！顧不得閨秀裝扮，他大嗓一喝，驚呼糟了！我撐坐起身，腰腹間一陣冰涼，一灘血跡滲透了白衫。從哆嗦的牙縫中我吃力憋出幾個字：到底……發生了什麼事？

呻吟了一聲，痛苦地翻滾在地。你兄弟一把將我扶起斥道：那只是幻覺！你已經不會痛了！記得嗎？

也許所有的鬼都希望被人看見哩眞讓人見著時是對凡塵陽間突然又生眷戀呢還是這才甘心撒手上路？……你褪下繡了喜鵲紅梅與鴛鴦戲水的戲衫，朝我淒然一笑。怎麼不唱了？這齣戲最後是大團圓收場啊——

我得說，你的戲裝扮相可比濃妝豔抹的變裝造型順眼多了。那日凌晨夜裡走出你家的日本糟老頭原來是你多年的情人。我卻以爲你如此放浪，總在關店後帶走客人難耐獨眠。壓低音量朝對講機用日文說東西忘了，你不疑有他按下電鎖讓我進門。不能怪我見到你假髮義乳吊帶絲襪的模樣時我會如此震驚。病態病態我朝你咆哮，以爲你掉進不可自拔的援交黑洞專吸引變態男子。我說我們可以學習相伴照顧，我們要懂得重新開始，你爲什麼不肯聽我說話？爲何你情願妖扮變裝滿足那老叟，卻對我不屑一顧？

你驚惶地在屋裡亂竄，撞倒了茶几果盤碎了一地趴在地上你在找什麼？我看到你的喉結滑動與你的乳罩掉露一半在外，說不出的嫌惡恐懼與憤怒，上前一把擒住你握著水果刀的手，我問你在找什麼爲什麼不回答？說話啊你爲什麼不回答？尖刀入腹的疼痛讓我愈加鎖緊掐住你喉頭的雙手。記得了，全想起來了。我放下無息的你，倒臥在冰涼的磁磚地上，血的腥味染滿了空氣，我等待，卻始終沒有看見窗外天光……

*

陽間或是黃泉，我只有你這個地方可回了。難得你這裡讓我自在，不必表態，無關來去，總以爲你早心知肚明，我們只是在等待一個適當機會。如今你的過去眞相已揭露，我感覺遭到放逐的判決。

越向你靠近，越無法分辨是妒？是怨？爲何你我不是在年輕時相識？爲何同樣孤家寡人，你卻沒有我的倉皇落寞？原來，你早有戶頭了。這地方對我造成曖昧的牽引，原來並非緣分命定。呵呵，都是因爲你有太多身分隱瞞，我不過是自作多情。

哪個又才是眞正的你？你可有答案？是那個咬牙練功學戲的小男孩？還是那個西裝革履、東洋紳士風的酒店同志男？那個初試啼聲被看好、卻又被自己身體背叛的窈窕青衣，是化爲咒怨女鬼了嗎？皮鬆肉贅，卻蔻丹殷紅、腳踏銀色三吋高跟的變裝女伶是你的救贖？還是沉淪？

沉默跪坐的你緩緩解開衣領，朝我露出頸上那一圈瘀紫的指痕。爲什麼明明沒有心跳的我，仍能感覺心痛？

你兄弟鬆開環住我的臂膀，哽著嗓子說道：阿良不怪你，你就放下，別再執著了。

你不怪我？

你怎能怪我？

起念斷然有愛，留情必定生災。你兄弟又說了：員工到現在還以爲老闆在度假呢。沒讓這事情上報，在警局就壓下消息。以我的關係，這點事還難不倒。等把店處理掉我再回上海。

喔還有，忘了告訴你，你的後事我一併幫你辦了。原來你和阿良都是沒親沒故啊。他是早被家人拋棄了，你的情形我倒是有點意外。唉我懂，外省第二代在臺灣本來親戚就不多，偏偏你又是獨子加單身……

頭七已過，天將破曉，可惜你們這戲是唱不完了。魂魄好不容易回竅，我這才有機會看清，他的臉上竟然也上了胭脂唇紅，有妻有子的大男人也樂此道？每次重逢扮戲，你們究竟在重溫，還是哀悼過去？

卸了戲服的你倒進他懷中，他揮起水袖一把將你摟住。這顛鸞倒鳳的畫面並不是戲，我恍然大悟。你的兩個男人，一個東京，一個上海，在臺北的闃靜午夜他們與你相會，你也以不同的裝扮演出款待。你必定在心裡嘲笑，如此輕易便欺騙了外面的世界。

我撿起你褪下的喜鵲鴛鴦戲衫，胡亂披在自己身上。掀開胭脂盒蓋，指爪深深往盒裡一剮，剮出一掌的殷紅，往兩頰上瘋了似地塗抹。從頭到尾我只是個丑角，一個可恨又可悲的角色。你們的約定，你們的遊戲規則，都被我這不速之客攪了局，不是嗎？你對老傢伙曲意討好，與乾兄款曲暗通，視我則如雞肋棄之可惜。我反倒羨慕那個無知的老伊藤，也許此刻正哭得捶胸斷腸，不知你到盡頭還不捨生前約定要來唱這最後一段，我卻只能哭笑不得。

如果我懂得不再多問那日本老傢伙如今可好，也許我最後的一點點尊嚴還不致粉碎。沒人知道案發時的眞正情形，水果刀上有我們三個人的指紋，而且有證人看見伊藤與我一同進屋——你面無表情地交代完畢，卻在他眼中我看見一晃即逝的驕傲意滿。陰錯陽差，我扮演了報復者的替身。

我在世這最後扮演的角色到底有多可笑？無鏡可顧影自嘲，我將被刮見底的胭脂盒摜到地上，跌跌撞撞走近簾幕緊掩的窗邊，撥開了一指縫。

從玻璃反影中，只見一屋子沉重的黑，我所站立之處透空無物。
我終於忍不住放聲嚎啕。

07

夜行之子

情人

nightly

他主動介紹自己，他對我說，我認識妳，永遠記得妳。那時候妳還很年輕，人人都說妳美……

男人停下打字機鍵盤上手指的動作，才剛開始工作的他已經感到微微的目眩。

他摘下眼鏡，起身走向窗邊，望著落霧的巴黎，灰暗的建築屋頂一疊疊像積木方塊，拼成了這個進來後就永遠出不去的城市。他和她在聖伯努瓦街上同居的這座小公寓，儼然也已成爲他的另一座走不出的魔術迷宮，連環式俄羅斯玩具盒般，打開一層又出現另一層，永遠讓他驚喜、令他迷惑、更教他痛苦。

女作家昨夜又酩酊大醉，「已快被酒精摧毀的破布娃娃」，他總這樣說她，一如往常在過量後對他咆哮，罵他「下流的雞姦者」；之後她趴在他胸口哭泣，求他再進入她一次。

他對她的慾望從來不是肉體的，她一開始就知道。但是她就是有這個魔力，讓他任憑她咒罵折磨，像輕佻的妓女，也像一個殘忍的老婦。但是沒有人更像她自己筆下的人物。

她是她自己最得意的作品。她一把攫住他，教他永遠活在她虛構的世界裡，她甚至用她自己的教名爲他另取了名字，Andréa。

從前的楊不知何時已永遠死去了。他現在是楊安德烈亞，女作家的看護、祕書、出氣筒，同時也是她對愛情渴望的最後目標。

男人拿起打字機旁的手稿，女作家爲自己計劃出版的家庭相簿所寫的序言，躺進了沙發。

對你說什麼好呢？我那時才十五歲半。那是在湄公河的渡輪上……

這是一個他已經聽了太多回的故事，每一回都留下一些刻意的模糊，像是她多麼愛她的母親也極度憎惡她，還有她那早逝的小哥哥，究竟他們之間有沒有過肉體的不倫？男人早已習慣她永遠在修改著自己的身世。也許，也許令他一直不能轉身離去的原因就在這裡——他，楊安德烈亞，比任何活著的人都更逼近女作家的眞相。

卻只是逼近，不是眞相的本身。因爲連他自己都已被寫進她的書中，書名就叫《楊安德烈亞史坦能》，不能確定他們的故事究竟是像書中的描述？還是他以爲的記憶？

＊

他記得。

他看見一個害羞的大學男孩，寫了許多信表達了對她作品的愛慕與景仰。她來到他們學校演講，他們相識，他們開始通信……

她似乎早已佈置好一座安放他的舞臺，分配好他的角色。就像——

他再一次爲她手稿中的敘述語氣深深著迷（所有的犧牲！所有爲她犧牲的

夜晚與愛情！就爲了能這樣先世人一步讀到她的手稿嗎？難道我眞以爲接近天才就能成爲天才嗎？）就像——

他突然從沙發上一躍而起！

他的角色就像這個中國男人。她永遠渴望著同樣一份愛情，一個男人，一個神祕又不可得的男人，不知從何方出現，向她走近，告訴她，他有多麼深愛著她……

如果人生中不曾出現，她也必須要創造出這個男人來。

他目不轉睛地盯著時而整齊、多半章節凌亂的字跡，彷彿還嗅得到潑灑在稿紙上的酒漬。（近十年她的作品一再遭受惡評，甚至有批評家早已宣判了她的才盡，但是……我該怎麼描述自己現在所讀到的這篇序言？）

他對她說，和過去一樣，他依然深愛她，他根本不能不愛她，他說他愛她將一直愛到死。

男人的目光停在手稿的最後一行。他的嘴角緩緩泛出一股辛酸的得意。

＊

是楊安德烈亞第一個告訴妳，那應該就是一本小說，而不是一篇序言而已的，對不對？

妳惺忪著紅腫的雙眼，似乎剛剛才激動落淚過。我不知我要往哪兒去，但是我會往那裡去，妳說。

妳知道妳死後，他便從此把自己藏匿起來？妳把他的生命也帶走了……一切我建立的都會毀滅，這就是我所謂的前進，毀掉我所成就的一切，妳說。

但他是活生生的人，他不是你創造出來的小說人物——

同性戀！同性戀！

是他！是他成就了妳！

他一直扮演著妳作品中所需的那個情人，好讓妳繼續編織故事！

妳閉起眼，齜出一排被菸酒浸淫過的黃牙：我只知道叫喊，其他什麼都不知道！

妳把所有人拖進了妳的黑暗裡，再用妳的光芒將他們粉碎。不是嗎？

妳重複將自己的身世寫了又寫，越寫越不受青睞，越寫越不知所以。直到楊的出現。他看見自己是妳最後所需要的一粒魔術藥丸，服下後心痛如絞、滿地打滾，終於滾出了一地珠玉。

妳吞噬了他，因爲妳知道，這將是妳這一生最嚮往的一種愛情，因爲他永遠無法被征服，永遠讓妳有挑戰的新鮮感。不是他拒絕妳——事實上可憐的楊好幾次幾乎就要徹底臣服——而是妳凌辱他，唯有這種方式把他趕跑，妳才可繼續狩獵追逐——

我是個天才，現在我已經習慣了，妳說。彷彿知道自己大限已到，妳的神智突然變得異常清晰：

楊，我還在。

我得走了。

我不知道把自己放在哪裡。

在病房的角落，一個修長而微微佝僂的身影從椅中起身，走到了病床旁。對著那男人的身影，妳輕吐出對這個世界的最後幾個字：我愛你。再見。

*

我不知道把自己放在哪裡。

在你我已失聯好久之後，我在手機中打出這一行字，想像著你一頭霧水的表情，然後按下刪除。

怎麼會用了女作家的遺言？我自己都感到一驚。

在你面前，我已經早就沒有字句。最後那一夜，我在雨中敲你的車窗，在褐色車窗玻璃緩緩降下的短短三秒鐘裡，我突然發現，我已沒有什麼話要對你說了。雨突然就大了，我在那一刻憎惡自己仍在編寫劇情的企圖。是我在要求你對我殘忍，爲了一個虛榮的動機，因爲怕自己無法再感受到愛情。

但是你全然不配合，只是平淡地微笑，讓我連說你無情的理由也不給。

你不屑成就我的痛苦，因爲你從不在意我是個寫作的人。

當初曾因你的有愛無類而竊喜，終於我是個沒有作品加持的情人，我只是我。但是在雨中看著你駕車駛遠，我竟無用地渴望你能成全，成全我必須將故事收場。

我清除掉手機螢幕上的字。

不要再寫了。

*

男人坐回了書桌前，調整了一下打字機上的墨帶，開始鏗鏘地敲打出一首午後的奏鳴曲。

他相信，這將是女作家翻身的重要作品。而人們會記得，這篇手稿是被他打字成書的。等女作家酒醒後他就要告訴她，她應該寄給另一位編輯。

他明白她會一直深愛著他，並且，她一直是爲了留住他而寫作的。

因爲，他在她與他初識前便早已存在。

（待續）

08

夜行之子

替身

nightly

莎倫午夜時從她的店裡打電話給普山，告訴對方現在坐在吧檯的一名男子應該是他族類。

普山近來養成了三更半夜逛7-11的習慣，奇奇怪怪的小零食泡麵或眼花撩亂的各式油切烏龍雙茶花，都可以讓他打發不少失業後的時間。他把手機夾在頸腮，擔心它隨時要落地，一手抓了溏心蛋三明治，另一隻手正要去抓一包米果。莎倫聽起來沒太醉，但是普山認識她快二十年了，知道她僞裝清醒的功力。他跟莎倫說今天他不打算出門。

他已經一個月沒出去喝酒了，即使總暗自期待，吧裡的某人會突然注意到他的消失而來電邀約。但莎倫的電話並不在他的期待名單中。他甚至有點不耐煩，除了她，他的生活圈裡竟已經沒有誰還會定時撥通電話來。普山極抗拒這種樣板關係——男同志身邊都會有一個缺男人愛的女性密友。這句話如果說得更露骨一點，也許每個男同志都曾經有過這麼一個女性朋友，讓自己誤以爲可以妥協接受與她步上紅毯。普山甚至私下壞心眼又歉疚地爲這句話再補下文：

如果女方從此沒有成家的可能，她將是男方後半輩子很大的麻煩。

「你在幹麼呀？要不要過來？」

「我在看保險套，可以嗎？」普山沒好氣地：「保險套放久了也會過期的，希望妳沒有這個困擾。」

莎倫不屑地嘖了一聲，隨即咯咯發笑。「過來呀，也許今晚你就用得上了。」

普山不懂，她爲什麼這麼容易被自己逗笑，每次酸她都適得其反，好像是他在掏空心思取悅她似的。年輕的時候，周遭的朋友看他們鬥嘴覺得這兩人眞配，老夫老妻的。可是普山不老，男同志不可以老，雖然普山的年輕多是得自基因而非健身房保養品。而莎倫眞的是老了。兩人站在一塊兒，已經沒人會信他們同年。不知何時起，普山發現自己也跟著她店裡的bartender喊「倫姊」：倫姊叫你，倫姊在嗎，倫姊又喝醉了麼？普山不是不知，這聽在莎倫耳裡有多殘忍。

「我不是說了嗎？我有沒有炮打不用妳操心啦！我要排隊結帳了，掰！」

每次像這樣掛了莎倫電話，普山都會有片刻恍神，想到自己以前失戀時她是怎樣耐心聽他嘮叨。普山有種奇怪的感覺，莎倫或許從他的肉體競逐故事中得到某種移情的快感。雖然他目前的日子過得乏善可陳，但普山此刻最不需要的便是莎倫又來介入他的感情生活。

凌晨十二點半，照往常一樣買了一堆無用的日用品拎回家，普山不知道該繼續播放昨天已開始進行的日劇DVD，還是從書房角落的誠品購物袋裡挑一本不知多久以前買的翻譯小說。

這一個月來，他都在奉行重新打造自己的生活。在嘗試了諸多求偶方式都失敗後，他開始相信重點不在爲什麼好男人都死會了，而是爲什麼已經死會的男人對他這麼有吸引力？普山發現可能是因爲，長時間居家會讓男人多添了一種神祕感，而他正打算開始爲自己打造這種氣質。結果被莎倫一攪局，他從進門後就惶惶不安。此時坐在她店裡的那個男子，該不會又是個死會的吧？他想。

莎倫很瞎，不光是她看不出對方是不是有人，就連喜歡的是不是男人她的判斷也不準。普山回想起來，她的瞎還分成兩階段；羅傑的事情發生之前，她對每個普山帶去她店裡的男人都不欣賞，鐵口直斷，應該都是有老婆的跑出來玩；之後，她忙著想讓普山轉移注意力，凡是去她店裡喝酒的單身男人，都被她說成是普山的菜。普山不免懷疑，這根本是，莎倫騙他過去陪她喝酒的伎倆。

（該死又想到了羅傑……）

那時羅傑總會問他：倫姊怎麼看我們的關係呢？莎倫的話普山不想轉述。如果羅傑和他的BF緣分夠深，你想拆也拆散不了。緣分不夠深，他和他BF散了，最後也未必跟你在一起。她憑什麼這樣唱衰他？更可恨的是，還眞的被她言中。莎倫勸普山切切不可做那個不安分的第三者，要做就得裝傻。普山心想是喔，到頭來就跟妳一樣，十年守著那個有老婆的男人，最後又得到什麼？酒越喝越凶而已。

眞正教普山正視莎倫已經在酒精中憔悴不堪這個可怖的改變，是兩個月前那晚，她毫無預警出現，踏著踉蹌醉步，臃腫俗豔地走進他喝酒的地方，不管一屋子男同志驚訝揶揄的偷笑，逕朝普山喊：誰？哪一個？哪一個把你甩了？普山當時巴不得火警鈴聲突然響起，眾人一哄而散。天哪，他望著癡癡對他傻笑的莎倫近乎羞憤。那感覺像是看到一種毀滅性的命運迎面而來，教他不得不偏過頭去。他從沒想要做悲劇英雄，但眼看著和莎倫二十年的交情正猶如沉船，他仍難下決心棄守。他還年輕，至少看起來是。普山害怕自己連這一點「看起來」都要因爲過於爲莎倫擔心而提早被消磨殆盡。

被莎倫酒醉這麼一鬧，那家酒吧他回不去了。被她揪出來的傢伙矢口否認跟普山有牽扯。普山也知那並不算撒謊。跟羅傑分手後，在吧裡的普山那一臉對人討好的笑容很寂寞，也很卑下，讓人忍不住想去撩撥一下，算是施捨。只能怪他經常輕易就把調戲當了眞。

＊

過了半個小時後，莎倫又來電話。「嗳問你一本書，過於什麼的孤獨？還是孤獨太過於什麼的，你聽過沒有？」

「搞什麼啊？」

「我跟你講的那個客人啊，我們在聊書——嗳嗳，我讓他跟你說——」

不由得普山抗議，話機已經轉了手。那端出現一個低柔的男聲：「咳咳，她把電話塞到我手裡，沒辦法。」

「她是不是喝多了？」

「大概有一點吧？」那人說起話來帶著時下少有的字句斟酌：「今晚沒別的客人，老闆很好客，一直留我。你好，我叫大衛。你介意我把電話還給她嗎？」

再聽到莎倫的聲音出現，普山簡直想尖叫，這麼露骨的拉線？「是他一直坐在這兒的，我又沒說你是……」莎倫無辜地嘟噥著：「老喜歡怪人家！人家關心你一下都不行喔！」

普山要她把電話轉給酒保阿明，她回答說，阿明今天請假沒來上班。普山不禁又擔起心，莎倫女流一人在店裡，沒有熟客只有一位從沒聽過的大衛在場，如果……「嘿嘿，」莎倫大概沒眞喝醉，聽見普山的警告便把話筒搗近嘴邊：「能發生什麼事？跟你說了他是嘛，白白淨淨你會喜歡的——」

話機又易手，莎倫的聲音退到背景：噯你叫他過來喝酒啦。「這是大衛。不知道爲什麼她又把電話交給我——」那個像播音員的聲音又出現，原本斟酌的語氣更遲疑了：「嗯，你會過來嗎？」

大概不會吧，普山回答。兩個從未謀面的人在一陣靜默中尷尬著。那個叫大衛的終於又開口：「那麼，改日或許還有機會見面。」

莎倫又回到了電話上：「好累喔。」

「那就早點打烊嘛！」普山不忍，語氣柔和下來：「好啦我明天早點過來，今天太晚了。別再喝了，喔？」

他們在凌晨一點二十八分掛上電話。莎倫最後的這通已接來電顯示，將一直被普山保留在他的手機通話紀錄裡。他萬萬沒有想到，這竟會是他與莎倫今生最後一次的交談。

*

酒保阿明在電話上劈頭一聲「倫姊死了！」就開始哭，沒多說什麼，因爲要趕著通知更多的人。手機這個發明讓生與死的距離都改變了，普山心想。爲什麼阿明仍然用的是莎倫的手機通知眾人？普山在看見來電顯示時，莎倫分明還是活生生的。而且他用的還是慣常接莎倫電話的口氣：哈做啥？——沒想到白目的阿明竟是從莎倫手機通訊錄上，尋找一個個他認識的人名開始撥號。普山母親過世的時候，他與父親兩人坐在張口吐出黃色海綿的舊沙發上，攤開那本還印著民國七十五年的記事簿，斟酌衡量頗費一番思量，才抄出一份夠親近的人名與號碼，這些人才是必須在第一時間報喪的。莎倫的家人不在臺北，她和家裡十多年前早就鬧翻了。這聯絡工作落到阿明身上，拿著她的遺物手機猛按通訊錄上的號碼。這讓普山突然糊塗了，這樣，他還算得上是莎倫的親近故友嗎？阿明沒交代清楚，只說昨晚——不，就是幾個小時前的今早，莎倫回家後，連高跟鞋都還沒脫，便在浴室中倒地不起。

普山刪掉阿明的來電紀錄，失神地望著手心螢幕上剩下的前一通，一點二十八分的已接電話。

坐在捷運車廂裡，感覺死亡彷彿就像車窗外的站牌從他眼前滑過。凌晨一點二十八分的當時，他與莎倫像是還在同一節車廂裡，天知道莎倫一瞥眼看到了窗外月臺上的什麼東西，也許是某個字、還是某張臉，讓她想起了什麼，無預警就丟下他，普山再抬眼她已早無蹤影。捷運規律地繼續搖晃著，車廂裡所有的人都面無表情盯著普山，看著這個眾目睽睽下無聲慟泣的奇怪男人。

他們不會懂，沒有人會懂，即使莎倫的那個男人後來跟普山說，檢察官來勘驗過，應該就是單純的酒醉引起突發的心肌梗塞。普山很難相信這種說法。莎倫的家裡只有一個小妹從嘉義上來，沒表示任何意見，只說一切尊重姊夫的意思。姊夫有元配在家，只出錢不出面，莎倫一死也算解決了糾纏十年的問題。死因不重要了，莎倫身邊的人都可以接受，照她那樣的喝法遲早要掛掉。但對普山來說，這裡頭有一個結他解不開，他們沒有人在那晚最後聽到，或見到莎倫。沒有人看過莎倫的通話紀錄。莎倫一直叫他過去。莎倫不安。莎倫感覺有什麼事即將發生。但是普山就這樣掛了她的電話。這個看似不起眼的細節，普山不願跟任何人透露。如果他在一點二十八分掛上電話後就去了莎倫店裡呢？這個念頭讓普山幾乎崩潰。

莎倫過世後他連醉了三天，以爲他其實有能力阻止這件事的發生。如果人離開陽間都會有個時辰，他或許會在莎倫關店後拖她去復興南路上喝清粥，那麼，就有可能躲過不是嗎？或者，在她心絞倒地的那一瞬，至少她身邊還有一個不算時常關心、但卻經常掛心她的朋友。

第四天的夜裡，普山的手機出現一則簡訊。

倫姊過世，我很內疚。我那天不應該去店裡喝酒的。大衛。

你怎麼會有我電話？你那晚待到何時？打烊嗎？

普山激動地立刻按下回覆追問，同時有種極度被冒犯的感覺。另有他人介入了他和莎倫生死一線的那個時空，這個叫大衛的才是真正最後看見莎倫活著的人。

發送。

然而手機即時回報，無法回覆。原信件是發自網路的訊息。

他想告訴我什麼？普山呆在那裡。

*

莎倫留下的店在接下來幾天裡，總有酒客假弔唁之名進來探頭探腦。阿明把已進貨的洋酒一瓶瓶都開給那些人喝了。沒有人知道接下來這店該怎麼辦，眾人都來吃乾抹淨，想當然爾她的男人最後會因內疚打開支票簿，付了這所有開支。阿明看起來傻呼呼，突然在這件事上聰明了起來，覺得自己理應是這家店的繼承人，仍然天天來開店，讓大家白喝，儼然店已經是他的。這也許是阿明的算盤，用這做法打動那男人的心：讓店繼續吧！你看大家多麼不捨，每天都還來！這店不能關哪，爲了倫姊——

普山跟著幾個熟客在店裡爲莎倫摺蓮花，冷眼看著這一切。紙蓮花已堆滿了店裡的每張桌子，出殯日還在一改又改。男人有意見，莎倫小妹有意見，連喝酒賒賬的都有意見。運回嘉義再辦告別式嗎？在臺北燒完，骨灰是運下去還是留在臺北？在店裡幫忙摺了一個禮拜蓮花，普山發現這已成了一場永無止境的告別。大家都仍賴在店裡不走是爲何？對普山來說，這一年來對店裡最鮮明的印象，僅是吧檯後莎倫每下愈況的醉態，像是存心要喝死自己。普山只想記得年輕時愛笑會鬧的莎倫，不是裝滿她寂寞與不甘的這家店。

這些人也許只是到了時間沒處去，未必眞的那麼懷念她。普山不得不想到，自己孤家寡人，可不要走後像莎倫留下這麼一個爛攤子，得先有個交代，一切從簡通通不要辦——但，又能交代給誰呢？這裡發言的人，個個都暗示了莎倫生前有跟他們提起過這啊那的。普山沒聽過莎倫談過生死的事。如果最後那一夜的電話，眞因爲莎倫有了什麼預感，她仍是沒透露半個字。

只是最後那一夜在普山心裡，宛如一口開鑿中的井，每天都鑿得更深一些，漸漸已深到除了神祕的黑外，看不見底，深到可容下任何想像。

那個叫大衛的，或許他對莎倫做了什麼？普山克制不了自己心裡這口井的擴大。這樣一個關鍵人物難道就這樣憑空消失了？除了普山，沒人知道莎倫那晚曾留住了這個叫大衛的人在店裡。

普山無法解釋，自己又爲了什麼理由，沒跟任何人透露過這個人。甚至他自己都開始懷疑，難不成一切是他自己的幻想？

但是那則無法回覆的簡訊依然在他手機裡。如果莎倫給了大衛他的電話，沒有理由她自己不留對方的電話。對方究竟怎知莎倫過世的？每天普山都坐在店裡，不曾見到陌生人來過。想到這裡，普山立刻放下手中摺了一半的蓮花，問阿明倫姊的手機還在他那兒嗎？阿明說，交給莎倫的男人了。

給我張董的電話，普山說。

過了午夜，對方出現在店裡時，引起了一陣只能意會的小騷動，大家立刻又恢復鎮定，可是眼角的餘光都未停止，緊隨著他和普山兩人單獨走出店外。阿明尤其在意張董出現，連連追問了幾次張董要喝點什麼嗎？普山和姓張的男人只管一路走到了對街的巷口，沒有作聲。算來普山跟姓張的男人這才是第三次見面。

我知道你們都覺得我對不起莎倫。

張先生，你介不介意如果我——

讓我把話說完。我知道你跟莎倫的交情，她一定告訴過你很多我們之間的事。我還要謝謝你，你跟她出櫃後，我跟她之間的事也比較好談了……

幸虧這巷口闃靜漆黑，姓張的男人看不見他臉上吃驚的表情，幾乎是帶著興奮繼續急切向他告白：

我們差了一個世代，當年哪裡會知道這些事？結婚沒多久我便知道我的婚姻有問題，但是我不會、也不敢往那方面去想。莎倫的出現，讓我一度很快樂，像是放下心中長久以來的一個疑慮，我確實曾想過，和她能有個共同的未來。但是，開心的感覺很快又過去了，事情沒多久又有了變化。問題不是我老婆，也不是莎倫，是出在我自己身上……

普山被這故事催了眠般，一時竟忘了他約此人見面的目的。

……我再找多少個女人也是一樣，終於必須面對的還是要面對。莎倫有跟你提到吧？她最委屈的部分不是因爲她是第三者，而是——人在一起總是有感情的，要分也分不了，我只能靠一邊看錄影帶一邊做，才能給她那一點點——

普山想哭。莎倫其實可以在他面前痛罵他們這些死gay爛人。然而她忍下他的同類對她的傷害，未曾有過一句惡言。他對不起莎倫，他竟一度如此嫌惡她對他的關切。難怪她總說羅傑有老婆，原來她比普山更認識這樣的男人。在普山毅然下海尋歡求愛之際，莎倫必也經過一番天人交戰，直到去世前幾月才打開心結，出去見識更多的男男相逐。這件事有這麼難向他傾吐嗎？她覺得羞恥嗎？普山發覺在悲戚感慨的背後，同時浮現一股令他不悅的疑惑：原來莎倫並未全然接受他是誰？

……跟莎倫的關係就這樣又繼續了下去。只是，我萬萬沒想到，一年多以前，認識了一個生意上的朋友，跟他竟然會，發展出了，我們都意外的——

男人竟然還用了「我們相愛了」這樣的句子。回數時日，莎倫爲何突然開始酗酒，終於有了答案。

應該詛咒懲罰這個男人的！咬緊下唇仍抵不住的寒意從普山心頭竄出。物傷其類的本能，當聽見從對方口中靦腆說出與另一個男人相愛的祕密，那一刻他卻又不得不心軟了。祝福張和他的情人，彷彿是對自己感情的一種寄望。夜風一陣，吹得普山抱起雙臂環起自己。他不知這算不算是，又一次背叛了莎倫。

我知道，大家都在談關於這家店該怎麼辦。

喔我打電話找你是因爲——

你是莎倫的好朋友，我其實早想找你談談。我有個想法，不知道怎麼開口，所以，這事拖著一直沒處理。

如果能爲莎倫做點什麼，我很樂意。

姓張的男人深吸了一口氣：你覺得，我如果把這家店改成同志店，莎倫會怎麼想？

普山努力想從張的臉上找出揶揄或自嘲的痕跡，但是只依稀辨得對方的不安與迷惘。其實，你還是在擔心別人會怎麼想吧？普山有意戳破對方的僞矜。

跨出第一步總是不容易。我以爲，我應該來做一點什麼事的，爲你們——不！我們，這些人……在你看來，這麼做算不算彌補了我的錯誤？

到底算造福同志，還是造更多的孽呢？對張的一本正經他開始感覺不耐。已有這麼多的酒吧，但是對同志來說，永遠是不夠的。永遠有下一個還沒遇見的人，在下一間無法前往的酒吧，恨不得能分身同時狩住任何的可能。莎倫會反對嗎？他有什麼立場說好或不好？

莎倫已經走了，但是姓張的男人還要活下去，而他亦然……

這個決定只有看你自己，我不會幫你背書。普山最後這麼回答。

如果說，我已經決定了，你願不願意幫我？

普山不語，等他繼續說下去。

在這個時間點，我和我的，朋友，都還沒準備好。對現在的舊客人、還有阿明，我也沒法有個交代，所以如果你願意出面，你不用出錢就是股東。我只是想，也許，你也會希望，有一個繼續喝酒的地方……

今晚的會面竟成了這樣的結果，普山毫無心理準備。他爲什麼要相信這個男人？只因爲他向他告白，他們同是天涯淪落人？普山不確定他若答應，是爲這對老情侶建起一處私會地？還是在自掘墳墓？他，姚普山，無情無愛，終淪爲煙花執壺，呵呵呵——

他突如其來的大笑不止，讓姓張的不知所措。

我，呵呵呵，考慮考慮。

呵呵呵。對了！能不能把莎倫的手機留給我做紀念？

此話一出他才意識到，這聽來簡直像是條件談判。

莎倫的手機裡沒有任何線索。就當普山已經快遺忘自己的神經質時，在莎倫的出殯日，手機遺物竟然在他口袋裡發出震動。普山分明記得莎倫的手機是在關機狀態，他站立在靈堂一角霎時膝腿冷軟。極有可能只是垃圾推銷電話。但如果不是呢？

他不敢取出接聽。

未接來電顯示無號碼。

關機。

關上了一切，他與莎倫最後的道別。

＊

永和的樂華夜市。

坐在冷風呼呼的露天座上，普山學著鄰桌客人喝著維士比加紅標米酒。小麵攤老闆娘不停吸著隨時要流下的鼻水，快樂地在寒風中用鐵簍子在熱鍋中燙著米粉陽春麵。大多的攤位都因天冷而提早收了，老闆娘大概自己都驚訝，怎麼獨獨她還有三四桌客人？那卑微的一點快樂與得意，讓這樣的凌晨顯得更淒涼了。

莎倫的小酒館已經重新在裝修，普山幫姓張的從他去過的同志吧裡挖角，請來了三個公關，一個酒保。普山想起來都有點莫名其妙，自己就這麼成了店長。唯一提出的條件是他不催酒陪喝，開酒的業績給公關，他只領月薪。普山可不想成了另一個莎倫，把自己泡進了酒精裡。臺北沒有眞正的同志吧，普山一直這麼認爲。都只不過是粉味酒店的翻版罷了，肥膩俗豔，客人個個拚酒拚到半死才潦草配對，像帶小姐出場般雙雙跌進門外排班的計程車。

他在店裡監工待了一整天，黑白極簡冷調的裝璜是他的構想，顚覆了臺北同志吧的樣板空間。這有點像在玩家家酒，他現在有了一個供他恣意發揮想像的地方，紅塵酒場打滾的經驗到底沒白費。今天下午店招牌送來了，店名也是普山取的，叫3P。姓張的帶了他的情人來看掛牌，普山總算見到了這個年紀似乎比姓張的還大一點的咪哥。人如其名，老皇后一個了，皮大衣領圈鑲皮草，伸手與普山相握問好，露出腕上拇指粗的金手鍊。

姓張的被騙了，普山當下便知。咪哥分明是早年狠狠玩過，之後退休結婚去，碰到莎倫的男人又搖身一變，扮起純情同志處男，姓張的還眞當他是上天的禮物。

普山先是心裡暗笑，但下一刻竟然想起了羅傑。

有那麼一秒鐘他想像也許和羅傑還有下文，再等個十年，等大家都累了的時候，就像姓張的和咪哥。立刻自己都覺得這樣的聯想可恥，他再也笑不出來。

夜市獨飲，遠離他的同類，此刻普山心裡同時漾著熟悉的孤單和異常的冷靜。他已準備好這個週末的開張，從此他身在江湖，卻只須冷眼旁觀。角色的改變讓他突然認清，同志店裡的尋尋覓覓是多麼盲目荒唐。如果他們知道，像咪哥這樣的老玻璃還有人當寶，他們會不會對著自己無人光顧的一身胸腹肌痛哭失聲？隨目四望，這夜市攤子上喝酒的人似乎很固定，有幾張臉他已有印象。他們也跟去莎倫店裡的人一樣，時間一到便會出現吧？……攤子前一個年輕男子從圓凳上站了起來。普山認出也是常客，總一個人面色蒼白愣坐著喝酒。大冷天裡他腳下仍然是一雙露趾拖鞋。普山記得特別清楚，那人有著潔白的腳背。有一瞬間他們四目相對，那人依舊面無表情，直到普山的眼神在他臉上停留過久，他才恍然回神，幾乎嫌憎地瞪了普山一眼後轉過頭去。

普山臉上的表情驟然蒼老。他竟會在這樣的夜市攤上失態發情。他還是有慾望的，只是他不想、也無力去面對。這一切都在莎倫過世後迅速發生。他已無法用理智析出事情竟會如此轉變的理由。她生前在店裡自苦自憐，從此那地方更是成了上不見情天、下不著慾海的絕地。走到這一步普山已無法回頭，只能今後夜夜觀賞吧裡眾妖喝爛喝臭。既然酒吧從來無關情愛，不如早斷念早超生……

莎倫仍在看著這一切嗎？

將杯中物一口灌下，普山胸前被火辣酒精狠狠一烙，烙出了一個歹劣的念頭：

死亡是莎倫企圖最終掌控身邊人的殺手鐗嗎？

這一夜莎倫出現在普山夢裡。夢裡普山站在老酒館的門口，面對了昔日的吧檯與一牆的威士忌，看見自己與莎倫坐在吧檯外的高腳椅上。那也是兩人往日經常的習慣，生意清淡時他們就這樣坐著聊天。整個畫面如此清晰，完全不像在夢中，而且重睹舊景故人並無悽愴滄桑之感。只有聲音這部分是模糊的，普山努力豎起耳朵想聽見兩人談話的內容。莎倫說了句什麼，轉過來朝他面對面微笑著，他也跟著笑……他一心急想捕捉笑聲中的訊息，朝兩人方向邁不到兩步，畫面就消失了。

猛然從夢中醒來的普山，發現已經是中午，是個有陽光的日子。

*

3P開幕日果然擠滿了極欲開發新戰場的客人，無限暢飲一招吏中同志脾胃，才十點多店裡已經人山人海。三個公關在之前的店裡沒有業績分紅，這會兒莫不卯足全力催酒。姓張的和咪哥坐在吧檯角落頻頻交換微笑，半個鐘點後便滿意離開。普山眼觀耳聽沒歇著，知道眼前的熱鬧還只是假象，得等十二點過後，這群客人會不會換店跑攤才見眞章。

普山見酒保忙不過來也下場洗杯備酒，這時手機在口袋裡嗡嗚起來。把濕手一甩，掏出手機湊到耳邊，一面用眼色催公關送酒。

喂？

我是大衛。

一心慌滑了手，手心多了一道殷紅的傷口。普山望著碎杯落在腳邊，嘈鬧人聲剎那間在他耳中被消了音。他在店裡！一股強烈的直覺衝腦，急抬眼在店裡巡索有無在講手機的客人。一種無法解釋的恐懼踞上普山心頭：難道這些時日以來，他一直被偷窺監看？

依舊是保密電話。把受傷的血掌包在隨手抓起的一疊餐巾紙中，他跨出吧檯環視四周，飲樂歡唱的景象一如數秒鐘前，看不出任何異樣或可疑人影。

他在哪裡？穿什麼衣服？他究竟是誰？

生死的事是改變不了的。你要停止懲罰自己。是她自己用酒把自己毀了的。跟你無關知道嗎？我要你記住兩件很重要的事。你在聽嗎？

你到底是什麼人？

知道太多對你並不好。你聽著，第一件事，所有進的洋酒你一定要自己點貨，每天要檢查，知道嗎？

你在說什麼？

酒會被掉包。你和客人會喝到致命的假酒。第二——

你怎麼會知道這些？

千萬打烊後就要直接回家，不要再去別處喝。記住了嗎？

你躲躲藏藏不敢見人嗎？有種你就當面跟我說！你裝神弄鬼想嚇誰？你究竟有什麼企圖？——

我只是答應了倫姊，會照顧你。

普山還來不及反應，電話那頭已沒了動靜。

按掉通訊，他失神地呆立了一會兒。室內空氣混濁，急需深吸幾口乾淨空氣的他，僵著臉往門外走。隔壁的海產店老闆阿秋，看見他面色蒼白的獨自站在酒館外發呆，拉起大嗓門像招魂：「開張生意忙，你結屎面站在這幹麼？……喔手在流血也不知嗎？」

以前莎倫常點阿秋店裡的小炒送來酒館，普山多年來與阿秋也僅止於點頭招呼，一起摺蓮花才算摺出了點交情。做廚房的大概見慣了這種傷口，沒幾下阿秋就幫普山清傷包紮完畢，接著遞給普山一枝菸，自己也偷閒加入吞雲吐霧。然後當然話題又回到莎倫身上，阿秋連聲感嘆他看見莎倫臉色就不太好哩，早知道那天就勸她早點休息——

雖然都是聽過的老話，但是普山突然被提醒了什麼，問阿秋那晚有沒有看見莎倫打烊？之前就看見她臉色不太好，那是什麼時候？

啊差不多一點多吧？她送一個客人出門，就站在你剛才的地方。我正好在收桌，還問她餓不餓——

所以你沒看見她關店？

我兩點打烊的時候她還開著……咦？你問這個幹麼？

普山腦海中揮之不去的，是莎倫喝到醺茫時常露出的傻笑。他本想再追問阿秋記不記得那客人的容貌，但阿秋眼中流露出的懷疑擔心，讓普山驚覺到，自己看起來或許已接近狂癲。

人在生命接近終點之前，究竟會不會有所謂的預感？莎倫在那當下心裡頭還記掛著他？萍水相逢，她竟然叫對方照顧一個從未謀面的人？這個大衛又是什麼樣的怪人，對如此不合情理的請託，聽了之後竟然認眞？

這所有問號的發生，說來說去，都是因爲那天晚上沒見著莎倫最後一面。

他在懲罰自己嗎？也許是。但是他說不上來，到底是由於對莎倫的內疚，還是對自己沒有目標的人生感覺失望。

之前對那個叫大衛的傢伙所發之簡訊，他抱著極度的懷疑，甚至恨意。而現在，他忽然強烈地渴望能見這人一面。

*

吧檯一桌之隔，竟然就是兩個世界了。

站在工作區裡，場內百態盡收眼底，起初這讓普山很不習慣。看到有人寂寞落單，或眼巴巴等待著渺茫的機會，普山一開始常有衝動跟對方直說，回家吧，你今天晚上已經沒戲唱了。但是他並沒有忘，自己也曾在那樣的處境，害怕回家，害怕回去面對完全走樣的生活：衣服沒洗，碗碟成堆，滿屋子菸臭。平日渾渾噩噩，到了週五整個人突然就有了明確的目標與理想，眞命天子即將出現，週五不成還有週六。到了週日凌晨四點，一切希望化爲烏有，然後周而復始。

怎麼他從前就看不見，那些所謂主流的帥哥來此最大目的就是折磨眾人，看大家對他乞憐求歡？總誤以爲身材練得越精實的越挑嘴，看誰也不入眼。現在他瞧出端倪，肌肉男有太多是沒自信又生性怯懦的，若不是這種個性，怎忍得住健身房裡機械式一練三四個小時的單調無聊？到頭來往往最主動大膽的、即使二流貨色都叼得走他們這塊肉。

到如今他更看清，酒吧裡除了空抱期望、週週準時報到的熟面孔外，新鮮貨十之八九已經死會，驚鴻一瞥來此是最快的偷腥管道。他和羅傑不過就是一場偷腥的歹戲拖棚。

阻止不了眼前這些操弄與被操弄的遊戲，只好學著無情抽離。每當週末尾聲，現場的一片自暴自棄看在普山眼裡仍然心驚，但是現在的他至少可以等著結算進賬而稍有安慰。他相信3P或許是冥冥之中莎倫的安排，幫他解情苦之毒的一劑猛藥。

他一直記得大衛的叮嚀，關店後不要去別處再喝。想到從未謀面的大衛，想到他曾說的一句「我答應了倫姊會照顧你」，普山每晚關店時，總掛著淺醉的微笑。他並非無人關心，相信大衛會再跟他聯絡，他開始一場從未經歷過的耐心等待。大衛成爲他在人間的一個祕密朋友、不能說的一種歸屬，更是與另一個世界的莎倫，最後共享的一句密語。

然而大衛卻始終沒有音訊。

*

三個月後的這一夜，竟是羅傑出現在3P。仍是一身Nautica，米色卡其褲，短髮抹上濕亮的髮膠，習慣性地走進酒吧後先門邊一站，雙手插在褲口袋中，微仰起下巴對著環境一番打量。那股微微不耐煩的神情和帥挺的站姿，都還是那個教普山當初一眼就心跳的羅傑。

反觀他自己，喝酒與夜生活讓他這幾個月來發胖不少。發現臉色變得暗沉，他跑去染了一頭金髮。昔日時髦的輕熟男，如今總在店裡吆喝嚷嚷，已成了客人口中的「姚媽」。

（他是聽說我在開店，所以才出現的嗎？）

此念頭一出接下來兵敗如山倒。羅傑能外宿出軌的時間寶貴，所以浪費不得，通常在環顧一圈後便會立刻選定目標。當初普山被意外挑中，還以爲一見鍾情終於發生在自己身上。週六夜人鑽影動，羅傑的目光一時橫掃不及，給了普山一些時間調整呼吸，卻仍不敢錯過羅傑每個眼神方位，眼角餘光一路尾隨。

羅傑終於朝吧檯方向而來，卻是連看都沒多看普山一眼：「海尼根！」坐上高腳椅，對身邊的日系花弟弟閃出他招牌的陽光笑容：「你好，我叫羅傑。」

普山把啤酒往對方面前用力一擱，白色泡沫迅速從瓶口噴出。日系花弟弟嬌聲淫呼：「唉呀出來了出來了！」等普山拿出抹布擦拭溢流的酒災，才聽見耳邊一句：「咦？你在這兒上班？」

「嗨，羅傑，」普山手裡緊抓住濕甸甸的抹布：「我的店，歡迎常來。」

「剛剛沒認出來呵！你看起來很好哇——」

普山硬吞下喉間的一股颼冷，拿了酒杯就走出了吧檯。

一年多來的輾轉難眠，最後就僅僅換來了這樣的應付客套？歡迎常來？多麼諷刺的一句話，不相信眞的是從自己口裡說出來的。今晚一面，也算幫他了結折磨已久的心事不是？當初他答應來管店，不就是打算看盡酒場的虛情假意麼？不甘心！普山大口灌下一杯威士忌，同桌客人鼓掌直讚姚媽阿沙力，再把酒杯斟滿。眞的就只是兩個陌生人了？普山把第二杯斟滿的酒杯高高端起，手腕一傾，金黃色液體凌空注下，然後空杯往桌上重重一放便起身走出店門。

尚未午夜，經濟不景氣的臺北市街頭卻早已蕭條。鑽進臺北縣夜市那個看似雜亂卻眞實的世界，找著此刻唯一的避風港。燙著過時髮型忙著洗洗刷刷的歐巴桑，制服都還沒脫在一旁摘青菜的妹妹，還有穿著廉價夾克與拖鞋的男子，這些爲了生活勞動而無多餘奢想的人們，相較之下看起多麼健康清潔呵！叫來了維士比加紅標米酒，暫時獲得了平靜，他渴望迅速洗刷掉剛才的記憶而一喝不能停。不是說出了店就不可以別處再喝的嗎？普山抹抹嘴，對鄰桌年輕男子微笑。我沒有答應過他，是他說的，我從沒見過說這話的人喔——男子有著友善溫馴的五官，他們在這個攤子上見過的不是？點頭敬酒應該是簡單容易的，哪需要像在吧裡那麼多的心機盤算？

明明看見對方溫柔的眼神招呼他加入共飲，但在下一秒鐘普山的耳際響起哐啷一聲玻璃碎響，他的左太陽穴被砸破的酒瓶割出一道鮮血如注的傷口。你是什麼變態！你摸我？我肏你媽雞巴！你爸讓你這樣亂摸的？

失業過久而有輕度躁鬱症的男子看來斯文，發起狂來聲勢嚇人，揮著帶利齒的碎酒瓶踢翻桌椅，直到被鄰攤跑來的兩男制伏。

半夜三點，頭裹著紗布的普山從醫院急診室回到店裡。

客人已散去大半，留下的都已一對對坐進燈光昏暗的角落沙發。亂嘈嘈的週六曠哥怨弟夜莫不是千篇一律以此收場。

羅傑居然還在。

他身旁的人已不是稍早的日系花小乖，而是一位從未見過的客人。那人穿著一身剪裁合身的黑色西裝，與一般店裡出入的制式露肌潮T格格不入。湊在那張白皙斯文的臉孔旁的，是羅傑被酒精催化的一張赭紅面，在昏黃燈影下他不知在輕聲細語些什麼，惹得黑衣男子淺淺一笑，那笑容竟如此陰沉。

普山不知道該悲該驚，理智與情感在這一刻像是一杯調壞的混酒。黑衣人抬眼與他四目交接的那一瞬，他被對方泛著冷光的眼神懾住。對方沒有開口，但是普山像是明白了什麼。

兩個小時前混亂的記憶在他眼前慢慢聚焦。

他記起自己漫無目的地一直走，走上了中正橋，停下腳步望著橋下看不出急緩的黑水滾滾，感覺強大的孤單漲潮吞沒了自己。

渴望靠近一絲男性的體溫，他越過了他這一生羞恥心的底線，捷運或公廁之狼，不過是像他這樣的人，在受著無名的煎熬吧？……他想起當時眼前黑色的風與冰涼的天，彷彿暗示著這樣的人生將沉落無底……

失神凝望橋下不知多久，直到手機鈴響，扯破了一層層將自己包縛的胡思亂想。他抹去頰上暗淚，聽到的竟是那個等待中的聲音。

你怎麼知道我在外面？你究竟是什麼人？你爲什麼不敢露面？

快回家去吧！

你爲什麼沒有聽我的話？……讓我見你一面！……

你沒事了。眞的。……今晚發生了太多事，你不能陪我一下嗎？……

我說過我會照顧你。也許我的方式你不能理解。但我不能再多作解釋。打這通電話給你，已經是犯了大忌了。我眞的不能——

然後他不經意覷眼看見手機上的報時數碼：凌晨一點二十八分！心中一慄，立刻將手機朝橋下冰黑的水中用力擲去。有那麼一瞬間，他感覺黑暗中有人貼近著他身邊經過。如果不是那通電話……

他無法描述那種死亡從心臟穿進又穿出的驚恐與寒冷。

那感覺如今又襲上普山心頭。曾經那樣近距離擦身而過的存在他記憶猶新。這樣的預感莎倫必然也懂，普山甚至相信，她正站在吧裡的某個角落回憶著她在這個地點的最後時刻……就是這個男人！推門進來吧檯坐下不用言語便讓她意識到這是最後倒數的男人……

「羅傑，你不能跟他走——」

可以制止的！這一次他一定可以的，他想。

「小姚，你幹什麼？」

那語氣彷彿他就不過是個死皮賴臉的棄婦。但是他仍然喚他小姚呵……普山哽咽著語無倫次起來：「你知不知道他是誰？你要跟他走？」

羅傑用力推開普山扒住他肩頭的手，冷漠地轉向黑西裝的人影：「我們走！」早就出局的小乖不知從哪裡又鑽了出來，誇張地火上添油：「唉喲這家店怎麼這個樣子啊？哪有老闆吃客人的醋還來搶人的啦！」那兩人繼續朝門口走，普山追上前去喊住：「羅傑！」

黑衣人停下步子，緩緩地轉過臉：「你想要做什麼？……」

普山一時也糊塗了，究竟他想阻止的是什麼？是害怕自以爲還有可能的幸福就此落幕？還是對莎倫的歉疚喪失贖罪的機會？還是他不希望那個口口聲聲說答應莎倫會照顧自己的人將永遠消失？

那人曾說他一直在用著他或許不能理解的方式在照顧他。現在普山能理解了。那人眸中閃著紫濛的光，既不讓普山感到驚惶，也不特別悲傷，持續著沉默無聲的對望。

（爲什麼是他？）

（對不起，我必須這麼做……）

（因爲你放過了我？）

（你今後要快樂，懂嗎？……）

（你這麼做，我能心安嗎？）

（如果不是他，你要誰代替你呢？……）

……

店裡其他人不明究竟開始鼓譟起鬨。這頭有人喊：「在一起！在一起！」

那頭拍起手：「玩3P！玩3P！」另一桌原本正在唱卡拉OK的客人，則把麥克風當廣播器開始模仿夜市叫賣：「好看好看好看！精采精采精采！金毛獅PK黑郎君喔！」羅傑步到普山面前舉拳作勢：「別以爲我不敢揍你！認識你算我倒了八輩子楣！你簡直是同志的恥辱，被你沾上了就一身臭，洗都洗不乾淨！」

除了公播帶裡一首舞曲仍兀自喧譁，有幾秒鐘現場幾乎噤聲。客人們都異常滿意今晚這場火爆的插曲，興奮地期待接下來或許還有更多的高潮。

普山凝視著那雙漾著紫光的眼眸，等待著對方開口，等待他說出自己始終在等待的一句：我帶你回家——

09

夜行之子

情史

nightly

那一夜，初秋的臺北，走在空曠的敦化南路上，自己的影子像是隨時會跟長風私奔而去。連影子都要遺棄我的季節，風記載了我們的偶遇。一個推門，看見酒館人群中你一轉臉，那目光像秋風迎面吹向我的記憶深層，一頁頁翻飛掀開了我所有的防備。

那麼短暫的快樂，三個月後又只剩下我在風裡，碎了滿天的吶喊。一條臺北的深巷裡，一個男人蜷縮在入冬的風中淚流滿面。

你好嗎？

現在很想對你說，我已經找回了去年秋天遇見你之前的自己，在孤獨的平安狀態中。風起的時候想起來該如何微笑，風停的時候再不會自言自語。

但仍有那麼一點戰戰兢兢，因爲知道記憶有一個看不見的開關。躲得過風的提示，卻不保證你的背影不是藏在某個無風的轉角。

我已抵擋住在最無助的時刻記下你我故事的衝動，記憶卻是另一道正在等待我的關卡。進行式已經完全成爲過去式，記憶裡又多了一條皺褶，即使不伸手去觸摸，我仍如履薄冰，小心不讓自己被那條皺褶絆跤。

成爲記憶，就會比較容易書寫嗎？

似水年華的追憶，到底經過了多少的翻譯與想像？我已經放棄了第一時間裡最逼眞的紀錄，回頭再看這段無解的感情，又能得到什麼？

*

阿戈斯提奈利，你知道你是怎麼被記憶的嗎？

在一九一四年五月三十日駕機失事喪生的那個男人陰沉沉地看著我：你是在問我怎麼被世人記憶？還是問馬賽爾普魯斯特如何把我寫進他的回憶之書中？

我沒想到他會如此反問。**你讓馬賽爾如此痛苦，難道你沒有一絲不忍嗎？**

男人有著文豪一向鍾愛的長相：深色頭髮與唇上濃鬚，據說，文豪之自戀由此可見，他們都有著與他某種程度的酷似。但是艾佛列德·阿戈斯提奈利

（Alfred Agostinelli）與文豪先前的愛侶極大的不同處在於，他沒有雷納多．漢恩（Raynaldo Hahn）音樂家的氣質，也不像路西楊．鐸德（Lucien Daudet）是書香名門之後。他只是個藍領階級；而且他喜歡女人，已有老婆。許多的資料中說，文豪提供了他大筆金錢，包括訂購了一架飛機。

你們看我就是一個沒良心的騙子是嗎？男人突然嘆了口氣。你知道，他是個佔有慾與嫉妒心多強的人嗎？我有婚姻，他一開始就知道啊——

他的話戳到我不想碰觸的一塊。有些人也許眞的不適合談感情。文豪從青春期開始就一意孤行地愛他所要愛的，在同學眼中他付出好感的方式顯得如此乖張，一生從不曾修正過。

阿戈斯提奈利總也抓不住，讓文豪幾乎陷入瘋狂。《去斯萬家那邊》出版獲得空前好評，也彌補不了行蹤不定的男人帶給他的痛苦。

我要逃，當然要逃，男人說。

爲什麼，當你帶著妻子回到老家，你在飛行學校註冊時用了那個假名——「馬賽爾・斯萬」？

是的。

男人冷冷地笑了：你們後來都發現了我這個刻意捏造？

我以爲——這是我能給他的唯一報答。我知道我逃不遠的，我有一部分是他的延伸，另一部分是他的創造。你們這些後來做研究的人看不出來嗎？他是一個瘋子，被他設定成目標就逃不掉。

我沒法爲文豪辯解。

他一生中沒能留住任何一個愛人——甚至在作品中也不能。他將每一個男性愛侶都設定成女性角色。阿戈斯提奈利於是成了阿爾貝・蒂娜。

紀德曾經不客氣質問他，爲什麼他書中的同性戀角色都被描寫得如此俗氣下流？他給對方的回答是：曾經美好溫柔的愛戀記憶都被移植在女性角色身上了，除此之外，只剩下不堪的細節留給同性戀角色。

＊

眞的是因爲避免醜聞做出這樣的變造移植？還是說，愛情的記憶書寫從來都不會眞實？

如果，二十世紀最偉大的小說家之一都找不出更好的方法記憶愛情，這是否表示根本是不可能的任務？

或許，是阿戈斯提奈利記憶了他，而非他記憶了阿戈斯提奈利。

馬賽爾．斯萬。

我彷彿從那名字音節中聽到，更純粹的一種記憶書寫。一切都只能是一個代號，捏造一個人名，或剪下一個輪廓，眞正的細節總是不堪的。

我要選擇一個什麼樣的符號、還是名字給你？

＊

不需要給你一個名字，因爲你在我的記憶裡，你就是我。

甚至不需要記得你的臉，只要記得你那張背影。除此之外，要確定你眞正在我生命中出現過的細節總是瑣碎混亂。

相遇後第一次要暫別的前一夜，你隔日出差，我們刻意將道晚安的時間拖延。晚飯後靜坐在戶外的咖啡座，到了店家已經開始收攤，才不捨地埋了單起身。十一月薄夾克已經上身的涼風中，我拉起衣領，慢慢踱步，兩人一前一後拉出了一段距離。記得我們正朝向大馬路走去，在前方流動的車影襯底下，你安詳輕鬆地走著，偶爾瞥望兩側店面櫥窗，我看見你的側影帶著溫柔的笑容。

我叫住你，說：不要動，不要回頭。

你聽話站住，立在午夜風中彷彿我的投影一般。就是那樣的靜止中，我第一次以爲，你是我的。沒有其他念頭，除了跟自己說，我會好好愛你。

連身體再接近一些都不需要了，我看見你乖乖站著又搞不清我在做什麼而想偷瞄身後。你不會知道，我正在用心地記下你這張背影，記住這年這月這時的我對你的感情。

想哭，因爲發現原來所謂的愛，最眞實也不過就是這一瞬，我抬眼看見一個背影，這個人，是我一直在等待的。

我慢慢走上前去，在距離一步的地方又停下。因爲不擁抱反而更充滿的感覺讓我微微暈眩。

你哭啦？我聽見你說。

沒事，我說；走吧，很晚了。

*

親愛的漢恩：我眞的很愛艾佛列德。說愛他甚至不夠，我崇拜他。我不知道我爲什麼要用過去式。我現在仍愛著他。

親愛的安德烈：自他死後，我沒有勇氣再打開書的校樣包裹。

親愛的路西楊：每次當我坐進計程車我都全心祈求前方駛來的巴士能把我輾爛……

爾後文豪在一封封信中告白著對後來自名爲馬賽爾．斯萬的那個男人的不渝深情。第一次世界大戰隨後爆發，舊歐洲的輝煌，他一生都在倉皇失措尋找的熱情，同時都慢慢褪色……

沒有人眞正在意他愛過誰。成書七卷的逝水流年裡只有每個情人變形後的掠影浮光。

所以，不用移植或代換，我已把我們之間發過的簡訊都刪除了。以後沒有人知道我們的事，或者你曾經在我生命中存在。

對我來說，一個背影已經足夠。

（待續）

10

夜行之子

放生

四月的傍晚時分，公園角落的一座噴水池。池子已經乾涸了，尿尿小童半蹲、高高在上，身上長滿了青苔。斑駁的頰，虯結的髮，使得臉上原本那一抹天真的笑意，現在看來顯得有些癡呆恍惚。

噴水池前一個年約六十出頭、一頭白髮的老人，正閉著眼睛拉奏小提琴，是那首〈昨日當我年輕時〉（Yesterday When I Was Young）。老人並沒有失意賣藝人的落魄，只是看起來非常瘦弱。他身著剪裁合宜的薄羊毛外套，淺色系西褲，腳前擱著一頂呢帽，翻轉朝上。他一雙手抖得厲害，一曲慢板低迴，走音走得像煞車失靈。他的表情沉吟而專注，專注到讓人懷疑他已進入另一個世界，耳裡聽見的早已不是自己奏出的那首破爛。

我們暫且叫他爺。

這時出現了另一個約五十來歲的中年男子，身材中等，兩鬢花白，看得出原來很結實，現在年紀讓他開始顯得有些鬆軟。他像是循聲而來，腳步略帶遲疑，雖然他一身上班族的深藍色條紋西裝，手中拎著公事包，一副下了班在往回家路上的樣子。這位叫偉的男子在離爺五步遠的地方站定，聆聽。

終於琴聲漸歇，爺握琴弓的手慢慢垂下。叫偉的男子開口了：「沒想到會有像您這樣氣質的人在公園裡拉琴。」

「沒想到會有像您這樣身分的人走進這座公園，」爺說。

「交通管制。我通常都開車的。今天，只好繞道去搭公車——」

中年男子才要多作解釋就被爺打斷：「不都是這麼說的嗎？」

「啊？」

「沒事。外頭的情況怎麼樣？」

「恐怕要搞到很晚囉！」

「你怎麼沒加入他們？」

「又不是沒看過那樣的場面。這樣鬧下去有用嗎？」

「如果不想回家，去廣場前走走，恐怕還比較有搞頭。」爺說。

「你在說笑吧？外頭的抗爭可正激烈咧，什麼搞頭？牽手散步，順便商議國家大事嗎？」

爺從鼻孔哼出一口氣：「國家都翻了幾番了，這公園也被折騰得像老女人拉皮，沒一處沒被動工，雕像牌坊紀念碑四處立。可就奇怪，一代一代都知道往這兒鑽，改朝換代全不干他們的事似的。本性難移！我就不信廣場上沒在上演眉來眼去的戲碼。」

偉繞過爺走到噴水池另一邊，往前四、五步，停下來東張西望。還眞是半天沒見幾個閒人蹓躂，要不是行色匆匆下班趕捷運，要不就從捷運車站出來匆匆趕赴廣場支援。帆布棚搭起的臨時服務處，綁了布條的工作人員在忙著派水和發旗幟。廣場上的人群隨了日影滑落益發壯大了，廣播車音量開到極強，喇叭戰鼓鑼鈸都喧騰響起。爺把提琴夾在腋下，怕是沒法再奏了，步至池邊坐下來。

「共體時艱囉！」偉的臉上露出詭意的笑：「我等著瞧，待會兒沒準兒就有人進來辦個事也不一定。」

也該放大家出去走走，這地方待久了，會中毒，爺說。偉從池後又繞回前頭來，問爺說的是什麼樣的毒？

「健忘。」

「您老人家記性不好？」

「不。我記性很好。」他蔑了對方一眼：「倒是你——才是健忘。連自己的年紀都不記得了。閣下也五十好幾了吧？」

偉尷尬地笑著不作聲。「你也不適合再出現在公園裡了——」爺接著道：「難道你都忘了？自己年輕的時候，看到上了年紀的老傢伙在公園裡探頭探腦，心裡可嫌著呢不是？」

只是口味問題吧？偉不服氣地。

爺站起身來，把提琴又架回了肩上。對老傢伙的琴音已有領教，偉立刻轉了個話題：「天都黑了——你還要留下拉琴？」

爺不搭理。

偉猶豫著，想說什麼又吞了回去。你剛奏的那首叫什麼？那就再一遍吧！聽得出口氣並不由衷，說完自己就背過身去，踱了幾步又轉頭，像是擔心老人一沒注意就會消失似的。

「我被你給攪和得沒興致了，」爺說。「嗳，我都還沒問你，天黑了還杵在這兒幹啥？老婆孩子在家等著不是？」

其實，本來也是打算去廣場的。公司裡大家也沒什麼工作情緒，回了家打開電視，看的還是廣場上的新聞。整個人就是定不下來，心裡亂糟糟的。

「然後就走進這兒了？」

「好像聽起來很牽強，是嗎？」

「雖然隔了道圍牆，咱們這裡頭和外頭都一樣的——找個發洩。」

「沒錯，結果都是失望。」

兩人有了共識，聽到這句都笑了。接著又恢復了那似陌生又熟悉的感覺，半晌無人再起話頭。最後還是爺先問：真不急著回去？

「怎麼？還怕我耽誤了你的機會？」

這口氣——？爺愣了一下，怕是自己多心了。

從第一眼瞧見這人走近，爺就偷在心裡嘀咕，左看又看仍認不準。頂好是自己看走眼，爺想。也許，閒扯個幾句淡就走人了，認得準與認不準，重要嗎？半輩子都過去了——

「還眞想請你喝杯咖啡。」

「別鬧了——」

「不好意思了？不會吧？噯其實——」

「如果現在我才三十，你才二十，我們乾柴烈火一場是不錯的。五十和六十，那就全走樣了……」

爺瞅著他，眼神裡多了滄桑的陰影。偉也瞬間收斂起了幾秒鐘前的嬉皮笑臉，聽得出對方話中有話。誰也不想先戳破吧？可他也不能百分之百確定。偉在心裡暗琢磨著：到底該走還是留？

突然遠方廣場上傳來又一陣的鑼鼓喧天，夾雜了擴音器含混的喊話。下臺！下臺！下臺！偉正掏出了一根菸要點上，差點沒一驚掉了手上的打火機。

「你知道——」他扯起喉嚨，企圖壓過廣場上激情的群眾，這讓他聽起來彷彿有什麼事被誤會了，得大聲喊冤：「我年輕的時候啊，最怕的就是，老的時候，一個人怎麼辦？」

「我了解！但是走到了那時候，想法也許不同哇！」爺跟著他拉起嗓門。

「你都一個人？」

「有人也沒用！苦，都是自己在受！真到了那時候，你最不想的，就是拖累了自己愛的人哪！」

兩個人對喊了一會兒，直到廣場聲浪降了溫，原本起勁的你一言我一句跟著戛然而止。天色幾乎全暗了，只有遠處那座展覽館前的水銀路燈灑出了點光。抽完了菸，偉伸手進褲子口袋掏出幾枚銅板，轉身背對噴水池，正要開始往身後擲銅板，爺忙說池子裡沒水。果然，銅板叮噹敲在乾硬的池底。偉聳聳肩說：沒什麼不同。爺問他在許什麼願？

「我兒子今年考大學。」

「他功課好嗎？」

「還不錯。」他丟完了最後一枚，轉頭問爺：「你還有硬幣嗎？」

「你還想求什麼？」

「求老天保佑你。」

他走到爺放在地上的帽子旁，彎腰伸手進去想掏零錢，結果手中抓起來的是一把白紙籤。「這是什麼？」

我為你拉一首曲子，你為我說一個故事。公平吧？爺說。

偉攤開其中一只摺起的紙籤，唸出紙上的字：「涼亭？」他再抽出一只，上頭寫著「噴水池」。

「這個地方，不管多冷，颳風還是下雨，晚上總有人在徘徊，在這些角落……所以，應該還是有一些值得記憶的東西，除了寂寞，和在樹林子裡摸黑幹那檔子事之外……」

爺的話說得慢呑呑，活像交代後事。你抽到了涼亭？那就說一個你在那邊涼亭發生過的故事吧！

很多人跟你說故事嗎？一句話問得爺幽幽地笑了，你說呢？

「多半的人嘛對我視而不見，或是當我神經病。或者，有人要求我爲他們奏一曲，但是不願意多說什麼。可是，有些人，他們這一生不論去了什麼地方，離開了多久，最後還是念著回到這公園裡來，好像在等待著某人，相信他一定會在這兒又出現。他們的故事，在這兒發生，最後也只能屬於這地方，遇到了我，把藏在心底的話說一說，讓故事回到這裡，就像是放生，懂吧？該是哪兒的就該回哪兒去……」

他把小提琴擱在膝頭上，像哄孩子入睡般，順著琴身輕撫了一遭。去年這時候，醫生說他活不過六個月。他那時跟自己許了個願，如果春天的時候還有口氣在，就來這兒拉琴。不過就是跟老天爺耗時間，怎料得到在苟延殘喘的最後，還有這麼一折在等著他？可不成了狗尾續貂？這輩子都過完了，老天爺到這會兒才想起來，要給他一個交代不成？

「想好了說啥？」

對方沉默不語。

想聽什麼曲子？爺又問，是我先拉一曲呢？還是你要先說故事？如果我先奏了，你可不能賴皮——

「好吧！」中年男人咬著唇考慮了一會兒，他的目光始終未曾從老人的臉上移開。「有一天晚上，夏天的時候——」

與爺的目光接觸，腦海中浮現的是二十歲的自己，尖領襯衫、窄腿低腰喇叭褲，一頭長瀏海，髮尾及肩……父親喝令：去把頭髮給我剪了！蔣公過世，穿得一身花成何體統！國喪期間啊國喪期間……一個月內，越南淪陷，國喪變成國難，父親從斥罵到老淚縱橫。兩代單傳就靠你了，解除了兵役這事哪兒這麼簡單？你就給我上飛機吧！越南、高棉、下一個就臺灣了！……二十歲可管不了這些啊！二十歲的他才剛發現了公園，才剛嘗到了愛情……多麼諷刺！隔了馬路，一棟棟凜然的中央機構，國家危急存亡之秋，父親在大辦公樓裡與一幫孤臣孽子挑燈共議國是。他在馬路這一頭的公園裡，淚凝凝地望著月亮，不管是誰上來解了褲襠上下其手，想不通那人怎麼就不再跟他聯絡了呢？——弄明白的時候，他人已經到了亞美利堅，以爲今生再也不回頭了，任哪一條都是不歸路呵……

說來說去無非是，那年夏天的那個晚上……

「那天晚上，有個露天的民歌演唱會——」

「民歌，我記得……三十年前了。你那時二十出頭。然後呢？」

偶遇，都是因果……他雙掌一合把臉蒙住：「我沒有辦法……三十年前的事了，有什麼好提的？」

「我說了，這地方的人都得了健忘症。你眞希望這一切都沒有發生過？」

「記得又怎樣？不記得又怎樣？反正都已經接受了，事實就是如此——」

「眞的接受了，就放下。放自己一條生路。那天晚上，民歌演唱會——」

「我們那時候有一個四重唱。我年輕的時候很愛唱歌——」

「不要離題了。」

「我……我那天晚上沒有跟團裡的人去吃消夜。我騙他們說，我不舒服，其實我就在公園裡留了下來，直到關門……」

「中間發生了什麼事？」

「有一個人……」

「你們聊天？」

「我們聊天。」

「你們約了再見面？」

「我當天晚上跟他回去……」

「你喜歡他？」

「我愛上了他。從第一眼……他年紀比我大一輪，非常有才氣，有很多人喜歡他……他那時是非常被看好的……」

激動的偉緊閉起眼，耳際只聽見爺瘖啞的自語：「你想要說，他那時是非常被看好的小提琴演奏家，是嗎？」

宛如當頭棒喝。偉一腳踢翻了爺的帽子，紙籤散了一地。「現在講這些有什麼用?!你簡直是無聊！無聊！活該人家當你是神經病！」

抓起擱在一旁的公事包，轉身想逃，走了兩步卻又猛一旋身。爺正跪在地上撿拾四散的紙籤，一抬眼看見那人的臉上爬了兩行淚，心頭一緊：果眞是他？

偉冷笑道：「涼亭沒有故事！噴水池早就乾了！所有的故事都是千篇一律！只有開頭、沒有結局！都不過是遺憾！遺憾！」

眞的沒有故事了嗎？以爲在抵達人生的終站前回到公園，總有些過往可以重拾，拉住一個線頭起點，或許一個世代的織圖便將浮現。莫非健忘才是健康的？

爺望著掌中一捧沾了泥與土、再也不純不白的紙片失了神。

那麼，何苦仍記得三十年前的懵懂與平白所受之苦？何苦仍記得，那年的夏天，一個長髮愛笑、會自己寫歌、喜歡一把吉他自彈自唱的男孩走進了他的生活？丟下了帕格尼尼小提琴協奏曲的琴譜，叛逆的年輕音樂家轉拿起吉他，與男孩加入了一場一場的民歌發表會。從古典學院走入了民間，走入了另一個世界，一個有了青春情愛的祕密世界……一九七五年，風雨飄搖的時代，他們卻興致高亢，無知而幸福……爺一歪嘴，戚然地笑了。當年還眞他媽的以為，唱唱歌拉拉布條，世界就會改變……

「你的故事說完了？」

「沒有……沒有想到，會在這兒又遇見你——」

「你忘了說，一開始小提琴家並不知道，那男孩的父親是做什麼的。」

「你的輪廓都還在，只是瘦多了——」

「男孩父親當年是政府高官，權傾一時。他們之間的事不久就被男孩的父親發現了。有一天，突然調查局的人跑去小提琴家任教的學校。」

「我在國外十幾年……」

「當時有另外一批搞民歌的人，他們在乎的不是音樂，而是政治運動。」

「我並不知道——我以爲只是妨害風化什麼的——」

「結果小提琴家被當局扣上帽子，打成是跟那群人一夥的，還被抓起來坐了幾年牢……出來之後青春結束了……他的手也壞了……什麼都結束了……」

「可是你根本不想讓這一切結束！」

偉的表情瞬間從慚愧轉爲了忿然：事情的眞相果眞如他所言嗎？眞相？什麼是眞相？眞相就是失敗者爲自己找的藉口！翻這個舊案有用嗎？他想聽我說什麼？至死不渝嗎？哈哈哈！

我可以現在就告訴他：沒這回事！我不能赦免他，也不求他的赦免！當年，不過就是一個錯誤，然後我做了一個決定，要活得好，這比任何事都重要！犧牲是有代價的，雖然遠比不上父親當年的風光，但想想這是什麼年代？

我還能爬到今天的位子——事業。婚姻。家庭。子女。標準社會菁英階級。我跟老婆之間的事，她不說又干任何人屁事？結婚二十年她會不知情？偶爾熬不住，就找個人發洩一下，不難！不難！一點兒都不難！——

「你知道我現在的工作是什麼嗎？」

他轉過身，舉手朝廣場的盡頭一指：「我現在爲另一個政黨工作，那個罵我家祖宗八代中國豬的政黨！驚訝嗎？那又怎樣？身分都是可以改變的！你一輩子就是沒法搞懂這件事，我說得不對嗎？你以爲我來廣場是想懺悔？不是！告訴你，我是來看風向的，懂嗎？我不像你，一直覺得自己有原罪，你恨你自己。你覺得自己帶了洗不掉的污點，我可沒有！」

爺沉思了一會兒，沒有動靜。然後突然像是明白了什麼，他站直了身子，把掌中捧的紙片往空中一抖，一片片白羽毛般全逃生似地，趕搭著風，散了。

「不過就是個故事，」爺說。「別掛在心上。」

「那時候我才是個二十歲的孩子，一個孩子能做什麼？你能怪他沒有——」

「沒有人怪過他。只是——」爺斜瞟了他一眼，原本爲了相認在心裡打的話稿全刪了，只變成了一句自嘲：

「因爲愛上男人而成爲政治犯，歷史上也不會記上這一筆，是吧？這牢坐得還眞冤。」

偉感覺一身的毛孔都像灌進了冷風，好像得說些什麼，但說什麼又彷彿多餘，慌亂間衝口便朝爺喊道：「我爸已經死了！三年前過世了……我沒有對不起他！我的選擇有我的苦衷——」

「令尊算是高壽，」爺說。「我該回去了。」

「你還沒爲我奏一首曲子——」

爺拾起地上再沒有白紙籤的空帽，戴上。「你聽外面吵成這樣！再說，這故事你沒講全，是我幫你編下去的，我不欠你這一曲。」

他的胸口漲起了溫熱的漩渦。爺知道有人在等他，進門後就會聽見對方怪他出去太久，擔心他穿得不夠，並且再抱怨一回這個公園拉琴的主意。所有的嘮叨囉嗦都只是因爲心知肚明，他們能在一起的時間不多了。不想拖累對方的。原只想自己靜靜地死去。十八年，終究難逃死別。不離不棄，他們算是做到了。本以爲他會因老因病而遭背棄，想通了才懂得，是他將離棄對方。他的伴比他更害怕，他死後他的伴才是那個被遺棄的人。逃離病房不讓任何人找到，等死，想通之後又回到對方身邊，跟伴說他都不怕，請他也要勇敢。不要怕不要怕。他經過大風大浪，從古典樂壇金童到小學音樂老師退休，從黑牢到化療，恐懼再也不是人生的困境。大家都是在恐懼失去，多少人活在恐懼裡。眼前的這個人，當年長髮垂肩、笑若春陽的男孩，如今已成了一臉橫肉，眉眼被愁煩算計攪得渾濁，害他老半天不敢確認一點也不奇怪。他殘的只是肉身，他看到有比害怕失去更讓人殘廢的東西。那就是以爲自己得到。以爲抓住了就是得到……

出門前他的伴說今天吃小米稀飯蔥油餅。他最愛的。他的伴愛吃虱目魚粥配滷豆腐。這就是生活。想起在公園相識的那個冬天，對方才剛退伍從高雄上來臺北找頭路……

偉跌坐地上，摀著臉在嗚咽。

看來，這外頭還得鬧上一陣吧？爺離去前留下了一句。

11

夜行之子

邊緣

nightly

所以，歐蘭朵是妳？

在圖書館裡找到了一九六〇年的妳，一頭銀髮的粗壯老婦，提著大澆花水桶在妳與老公鶼鰈情深灌養出的那座大花園中穿梭來回。

妳瞇眼打量我：你是佛斯特的那個東方朋友嗎？

我愣了片刻才意識到，妳把我錯認作少數讀過E.M.佛斯特《墨利斯的情人》手稿的蕭乾。我決定將錯就錯：嗯唔……是的……妳知道，他還是不打算將那部小說出版，說是一定要等到他死後——

妳不改犀利直爽的性格打斷我的話：可憐的老傢伙，他不如在死前把手稿燒了還好一些——咦，你剛剛問我什麼問題？

我想知道，事隔這麼多年，妳對維琴尼亞以妳爲藍本寫下《歐蘭朵》有什麼不同的想法？

這個嘛，我們那時候都知道她很會寫，但是沒有想到在她死後，人們對她作品的評價會一路攀高，其實同期還有一些女作家也很有才華——

妳究竟是不瞭解我的問題，還是有意避重就輕呢？打量著妳一襲粗棉布工裝褲，我企圖捕捉從維琴尼亞眼中所看到的妳，臆度當年的妳如何讓曠世才女目眩心悸？是因爲妳外交官妻子的身分，出入上流奢華社交圈所特有的風采？還是妳早已與多位年輕女作家有染而練就的一派風流不羈？

我無法判斷，此刻的妳在聽見我發出維琴尼亞這幾個音節時，是否仍有一絲靈魂的顫動？

愛到無法抒發只能創造出歐蘭朵這個長生不老的角色，五百年青春不墜的肉軀由男化身爲女，用這樣的書寫方式將妳與她的溫存製成繾綣的永恆標本……也許不只是歐蘭朵，歐蘭朵是她公開獻給妳的愛情長詩。達洛維夫人身上何嘗沒有妳的影子？

可憐的維琴尼亞，我輕嘆了一口氣。

*

一九四一年，濃重烏雲朝歐洲大陸洶洶湧去，一條英國鄉間輕快活潑的河流，卻在初春三月天裡帶走了她眾情人之一的維琴尼亞。

聽到噩耗，她的腦海中浮現二十年前第一次站在她面前，那個無措卻又熱情的維琴尼亞——但，畢竟，這時的她們都老了。她立即禁止自己再多想下去，定了定神，斟酌著待會兒用怎樣的字眼，將這個消息告知她的夫婿。

自始至終她都相信自己曾給過維琴尼亞最好的。

就如同你也說過，你無意傷我。

*

站在一排迎風招展的芍藥前，向已朝人生盡頭邁去的妳詢問近半世紀前的一段情事，讓我感覺沾了甜蜜花粉的陽光都突然變得有些苦澀。

妳所擁有的，維琴尼亞只能終生羨慕。妳與妳的夫婿做出的協定，世上幾人能夠有此幸運？同志老公與蕾絲邊老婆，有錢有閒有趣的一對，各自獵豔，誓言相愛，竟還奇蹟修成白頭正果，這座被列爲國寶級的花園更成了兩人不離不棄的歷史見證。

儘管，維琴尼亞在遺書中對藍納說了兩次：世人沒有誰能有我們的快樂，但是藍納給她的愛畢竟就只是世人的愛，只能不斷提醒她還有一種得不到的、如同穿越五百年時空、跨越身體性別的、不能形容、無從定義的怦然心動……

我想告訴你維琴尼亞與薇塔的愛情故事，但爲時已晚。

你在你的婚姻裡，我在我的虛空中。

如果當初告訴你文學史上有這樣一段感情，你會有什麼反應？你聽得出我對你的愛戀也帶著維琴尼亞沉醉於創造歐蘭朵的狂喜嗎？

或者，你只是一挑眉：哇你們搞文學的這麼恐怖！

還是，你會略帶歉意的望著我，沉重說道：我有我的承諾要遵守！

而我，從來不敢問出口：你的肉體究竟還屬於多少人？你的承諾是否只是因爲害怕而非愛？

你講出來的規則道理永遠教科書般清清楚楚。你說，我們不會有結果，但是你希望繼續；你說，不要給你壓力，凌晨兩點你一定得走人。爲什麼每一條說法都讓我驚惶，但又找不出破綻？說給旁人聽，他們會像我一樣有理解上的障礙嗎？虧我還是個搞文學的人。

（薇塔對維琴尼亞也說過類似的話嗎？像是，我只能給這麼多，我和你畢竟是不一樣的人？……）

原本我們是平等的，但你在你社會契約的保障下成爲主流的中堅，我卻因爲愛你而被一步步逼向邊緣，沒有了聲音，不能向你太過靠近，一個該被人唾棄的第三者。當你說出你無意傷我，我驚覺你不過在施捨。

我說不出對你任何言之成理的要求，也無力合理化自己不快樂的理由。我的舌頭總像是生滿了雜草，腦袋像海砂屋禁不住一絲振動總有水泥屑粉落。我開始用維琴尼亞遺書中那句話不斷自我催眠——

我無法想像兩個人在一起能擁有比我們更多的快樂！

說完就算死過一次，重演再重演。

＊

再度抬眼搜尋在花叢中蹒跚漫步的妳，我情不自禁喊出妳的名：Vita！

妳不改霸氣地抬手往腰上一插，回頭望我。

妳有沒有一開始就對維琴尼亞招認，妳的肉體從來不忠於一人？妳希望妳

的靈魂最後還是進得了天堂？

妳是不是一開始就認定自己是永遠的主流？而她註定走向邊緣？

遠處小教堂響起了鐘聲，隨著那節奏妳的嘴角開始上揚，浮現成一抹似笑非笑。我終於看見妳讓維琴尼亞心懾的那股氣勢，擁有世俗豔羨的一切條件，地位財富名聲地位，還有一樁穩固的婚姻。

妳掌握了所有優勢條件，玩弄了這些條件，最後還能凌駕其上。妳的世界對一個握著墨水筆隨時感覺自己瀕臨精神崩潰邊緣的維琴尼亞來說必然像是一個眞實到了失眞程度的出口——

妳朝我走近，抓起我的手腕，拉我在小涼亭裡坐下。

孩子——我可以喊你孩子嗎？你看來還這麼的年輕，眞不知道佛斯特那個老傢伙爲什麼覺得你可以懂得他那部見不得人的小說。

我才要抗議，妳鄭重的眼神制止了我。

薇塔與維琴尼亞，維琴尼亞與薇塔，到底誰是這個故事的主角早就不重要了。你懂我說的嗎？你以爲把故事寫出來的才是受苦的那個人嗎？我沒有琴的才華，寫出來大概也沒人欣賞吧？

哈哈。

我笑什麼？我笑你們竟然都相信了她的版本。

你們眞以爲她是那樣現代、崇尚改革的社會主義者和那樣的波西米亞嗎？你有沒有想過，她所愛的我全都違背了她宣稱的主張？她到底是愛我、還是只想要成爲我？

難道她不是希望我把她帶離她的世界、她那場婚姻，過著我擁有的貴族生活？她想做貴族，沒錯。但是你知道她的問題是什麼嗎？

她先創造了歐蘭朵，以爲在文字間搬演就會有一個新的人生在等待著她。當她無法成爲我，她便把自己放到與我全然對立的那一邊。我眞的屈服於社會價值了嗎？

你想想看。如果成爲我很容易，琴爲什麼做不到？到底屈服於傳統的人是誰？我從來沒有表裡不一，我的言行也有我的風險要承擔，但是我就是去做了，而不是去寫了一本小說。

我是歐蘭朵，沒錯。

但是歐蘭朵不是我。

*

我又無助地拿出了手機，遲疑地盯著簡訊那一小塊螢幕。我對你的愛眞的只剩這一吋大的空間了嗎？

如果不打出一些字來，我還能做什麼？

退出你的生活，是不是就能讓我確定，愛你不是因爲你的世界，而就只是因爲愛你？

*

我沒有走向一條溪流，反而是爬上一座小山的山頂。

元宵節過後的子夜時分，山下紅塵世界裡的燈火一片一片滅去。山風從洞谷中竄起，一盞不知獨自飄流了多久的天燈隨風而來，繼續往未知的黑暗天際攀升。

倚著欄杆，腳下無路，只有深谷。

我決定繼續愛你，從我的邊緣地帶。

儘管，我已經失去了你。

（待續）

12
夜行之子

凡賽奇之夜

八月以來紐約的氣溫始終維持華氏九十度以上。過去這一週裡大太陽把整條第九大道照得又燙又亮，像被一鍋滾熱的湯隨處潑潑灑灑。少了觀光客的雀爾西區（Chelsea），在這樣炙陽發威的午後看來猶如死城。

在二十街街口一棟地產投資客投機興建的住商大樓，尚未完工卻已完全停擺。當初針對同志耽美品味而設計的仿拜占庭穹頂，如今懸浮於無雲藍天，看來像是一座通天的骨塔。洞黑的樓層，赤裸的水泥鋼骨，不可知的幽靈，突然就在街口擋住了烈日入侵，在此投影出這酷暑中難得的一塊深谷陰涼。

Salsa Japan就位在這棟骨塔空樓的對街。玻璃門上「Closed」（休息中）的小牌子已掛起，店內顯得空幽冷清，只有從後面廚房裡收音機傳出的拉丁樂曲，讓這地方還有些生氣。丹尼劉通常在下午休工的時候會出去看場電影，但是今天他決定趁店裡如此安靜，留下來把他包包裡的那本偵探小說讀完。但在這之前，他得先把等會兒晚餐時段的今日推薦菜給交代好。

他擦掉黑板上自己筆跡所留下的午餐特別推薦，再寫上他從不覺特別在哪裡的另一組固定菜單。這家餐館的老闆桑多斯先生，一直堅持著他自以為的資本主義商業法則：在美國，只要你能給你的商品取一個響亮的名字，你就能存活！

丹尼劉拿起彩色粉筆開始動手了。火卷（Fire Roll）其實就是在壽司裡大放墨西哥醃青辣椒。東京法希達卷（Fajita Tokyo）用味噌取代酸乳酪。荷西甜不辣（Jose's Tempura）的炸蝦料理則搭配拉丁風味騷撒（salsa）酸辣醬。號稱墨西哥式日本壽司餐館不過是噱頭。丹尼劉早已不會為了寫這樣的菜單而皺眉或齜牙了。這年頭工作太難找，想進大餐廳廚房往上爬？只怕百年字號的星級名店也隨時關門倒閉。

丹尼劉從位於地下室的置物櫃取出背包，才要上樓倒杯冰茶，準備拿出他的偵探小說打發時間，便聽見空調系統發出一聲巨大沉重的喘息，接著原本嗡嗡運轉的噪音突然停止。

起初他還以為桑多斯先生省錢把機器關了，但是整個地下室不但空調停了，連燈也全暗了，只剩走道盡頭的小氣窗落下的一杜午後日影斜光。

完全靜空的幾秒鐘，整個世界都像在等待即將有什麼事發生，也許又是一次恐怖攻擊？紐約人已經歷經過三次，早養成了一種警覺，注意著或許遠方有嘶呦呦呦的飛行聲響，然後不知何處炸彈開花。

沒事。叫璜的那個墨西哥裔廚房雜役拖了一大籃青菜下樓來。丹尼劉用他蹩腳的西班牙文問怎麼了？No power，璜用稚拙口音的英文回答。

「這可好！這麼熱的天停電？」

一回到樓上就聽見桑多斯先生在大呼小叫：「丹尼，注意冰櫃。別讓人隨便去開冰箱門。不知道停電要搞多久？如果沒有電燈，你可以做出些什麼菜？沙拉，你閉著眼睛都會做！還是會有生意上門的，你相信我。」

璜在廚房後院削酪梨時聽音樂用的電晶體收音機派上了用場。廣播中說，這次停電的範圍幾乎橫跨了美國東北八州，已有激進派綠色團體宣稱這是他們所爲，爲抗議政府節能政策的失敗以及世人對拯救地球的缺乏參與共識。據政府能源部門表示，實際造成這次大型區域停電的原因還在進一步調查當中，初步研判是電腦系統失靈，並非蓋達恐怖組織的攻擊行動。

「簡直就是二〇〇三年大停電的重演。」桑多斯先生邊說邊掏出褲子口袋裡的毛巾擦汗。

「你知道中國人稱八月是鬼月嗎？」

桑多斯先生對這個奇怪的問題露出訝異的眼光。

「沒什麼。只是想到了而已。」

丹尼劉慌忙擺擺手。這還是大寶告訴他的，農曆七月鬼門開。大寶的忌日就在明天，但是他不打算在這時候對他的老闆提起，停電已經夠他心煩。

那時你還是小孩吧？他的老闆問他。「難怪你沒有印象。那次停電也是八月最熱的時候。當時九一一才發生兩年不到。結果說是整個北美電路系統老舊造成的，連加拿大都受到影響。天知道怎麼回事！幾百億拿去打仗，卻放著電線舊了、公路壞了沒錢整修。不去救失業，沒事光會找我們gay的麻煩，看看

Chelsea現在成什麼樣子？這個國家不知道到底發生了什麼事！」

桑多斯先生不免又再抱怨一回共和黨在上一屆總統大選競選期間使出的殺手鐧。向來反對同志婚姻的共和黨反將民主黨一軍，提出同志婚姻合法化，但同時倡議對合法同志家庭課重稅。這一個弔詭的策略讓民主黨在無法杯葛、又不願支持這種有違社會公平原則的兩難下只好吞敗。期待婚姻合法多年的同志，硬著頭皮投下這一票，隨之而來的重稅，逼得登記結婚的同志夫妻開始搬出高物價的市區，向奢華時尚的生活說再見。

最近一些反同志團體變本加厲，時常來到雀爾西高級住宅前站崗示威，只要見到又有家庭搬出，便爆出夾雜著辱罵的歡呼，那情景竟好似一個世紀前的德國人，看見猶太人撤離家園時那樣的幸災樂禍。

眼看越來越多的同志搬離，桑多斯先生在去年不得不拿掉了插在門上的彩虹旗。十多年前停電夜的玩興與精力，顯然在這個從多明尼加共和國移民來美近三旬的老同志身上不復見了。

室內原本還殘留的一點冷空氣已隨著停電進入第三小時而蒸消。丹尼劉安慰老闆，也許他可以改做些Gaspacho冷湯，今天的番茄看來很不錯。桑多斯先生卻顯得有點心不在焉。

「那一回停電停了快二十四小時，你能想像嗎？紐約曼哈頓，世界的中心，竟然全城漆黑到深手不見五指，路上的人拿著手電筒像走在蠻荒的深山裡，更擔心有沒有人趁火打劫。對了！你等會兒回去的時候，記得裝一些水帶回去，我們的水塔夠大。沒有電事小，你知道沒電也就會沒水嗎？不過，那時候我年輕不怕，眼看食物放著反正會壞掉，乾脆在路邊架起烤肉架，請左鄰右舍來開個烤肉派對。雀爾西就是跟曼哈頓其他地方不一樣，其他人躲在家不敢上街，這裡的同志都跑出來了。那一天晚上，比萬聖節還熱鬧，大家都把家裡冰箱裡的東西帶過來，狂歡了一夜……」

桑多斯先生的心情從焦躁急轉直下，變得異常低沉冷靜，無精打采的語調中明顯出現了多愁善感。丹尼劉只趕上了雀爾西黃金年代的尾聲，想不出該如何振作老闆的精神，他說的這些事丹尼劉都插不上話。

二〇〇三，他不過才六年級。

不知道是不是憂鬱症加嗑藥的後遺症，有些記憶丹尼劉已經模糊了。比方說，他不記得是發現自己對電視上的烹飪節目有興趣在先？還是發現自己喜歡男生在先？或者根本是同時，因爲喜歡上電視上某個帥哥名廚的烹飪節目？

早知道在你小學畢業時就把你送去中國城做學徒！他的父親痛斥；永遠回到餐館打工這是來美國的中國人逃不掉的詛咒嗎？他的母親痛哭。直到他跟父母出了櫃，職業才退居成次要的不孝罪狀。

連大寶當時也說，在美國做亞裔的gay，去學服裝設計還比較有前途吧？大寶那時把雪兒巡迴演唱會的錄影放了又放，變裝皇后的弘願八成是那時許下的。和大寶從托兒班就認識，對於大寶接下來越來越囂張的煙視媚行避之唯恐不及，深怕被同學打成同路貨色。

青春期到來，寂寞到常常想死。

那時他多傻，如此渴望被愛。丹尼很好上，他們會說，白種高個子優先。以爲這都是私下祕密不爲人知的，但睡過他的從不避諱轉介。他們約他，總帶新朋友介紹他認識，然後聯手灌他酒。後來也清楚了這種詭計，但是他不迴避也不還擊，只醉眼惺忪問對方，你喜歡我嗎？聽到一聲喜歡便閉起眼睛遁入自己的故事裡。所有與他做過愛的，是同一個人，也不是同一個人。只要閉上眼，那一刻他便擁有了一個情人。

無法說不，因爲不忍看見對方受性慾焦躁的折磨。性愛不是他的重點，而是他容忍不下這世界有這麼多的寂寞。在與大寶刻意疏遠三年後的一夜，他終於再也受不了這些失落累積出的重量，慚愧地來到大寶位於格林威治東村A大道上的小公寓敲門。

等你好久了，親愛的丹尼劉。

他哭倒在大寶門前。就那麼一次，他在大寶面前徹底無助。

大寶過世後丹尼劉幾乎與gay life完全脫節。如今跟他互動最頻繁的圈內人只剩桑多斯先生，半年前見他來到Salsa Japan求職時只說：看在寶的分上，願他安息。桑多斯先生當初對大寶追求無結果，如今不敢提大寶的忌日是避嫌也是不忍，這個老闆待他不差。

眼看恢復供電遙遙無期，沮喪的桑多斯先生吩咐大家把肉類趕快醃一醃，各自想包走的請便。

廚房雜役們興奮地立刻動起手來。丹尼劉站在廚房門口觀看著，想像著他們提早下班回去後一家子在看到這份禮物時七嘴八舌的歡笑聲。

街上的商家幾乎都早早拉下了鐵門，市容已進入了備戰狀態的森嚴。歷經幾番大小恐怖攻擊，社會治安明顯敗壞，犯罪率年年成長，紐約人再也不敢逞強。直到丹尼劉離開餐館前，廣播中對於停電的原因仍語焉不詳，相關單位亦未做出何時能夠修復的預測。

丹尼劉一步未停從二十三街一路急朝東行。地鐵早已停駛，地面上成千上萬都是和他一樣要步行跋涉回家的人，彷彿他們正爲了什麼正義的訴求發起了大型的示威遊行。

廣播中還一再呼籲，民眾在入夜後盡量留在家中不要外出。紐約市的警力將全部出動加強巡邏，也請外出民眾注意，務必隨身攜帶防身用具。從曼哈頓回到他布魯克林的小公寓，預估抵家也將近九、十點，雖然夏季晝長，屆時也該是日落全黑的光景了。他住的地方有點偏僻，這讓他不由得開始擔心而加快了腳步。

往布魯克林與皇后區的人潮十分壯觀，從曼哈頓各角落慢慢匯流，到了十四街竟然出現交通阻塞。行人與車輛都要上布魯克林大橋與威廉斯堡大橋，沒有號誌燈指揮，場面極度混亂。原本想從包厘街轉南行穿過中國城上橋，眼前車潮人潮卻如牛步推進，困在人群中的丹尼劉心情不免更加煩亂。

丹尼劉猶豫著，是否應該繼續往東避開壅塞，繞個路再轉回？

他已經很久沒橫越格林威治東村了。

那年他要搬出A大道公寓時，大寶只問了他一句：你其實知道，你永遠不可能愛上我的，是不是？

他回答是。

當時確信自己可以重新站起來，一定有機會出頭。擁有的是著名廚藝學院CIA（Culinary Institute of America）的證書，又有好幾年在知名餐廳的二廚助理經歷，果然讓他不久後擠進了曼哈頓首屈一指的法式越南餐廳，即便從拌沙拉開始重新當學徒他也不介意。五星越南菜師傅竟是比利時人，已說明了這一行的生態仍然是白種男性的天下。但當時他目眩於川流不息的名流出現在店裡，並不在意偶爾遭遇的不公平待遇。從李察吉爾到瑪丹娜，還有無數時尚派對在此舉行，近乎天神完美的超級男模女模下凡。雖然只能從廚房門上的圓孔偷望，仍足以讓人飄飄欲仙。圈子裡流傳一句話，親一千隻蛤蟆，總會吻到那隻王子化身的青蛙。十八歲時寂寞得想尋死，因爲不知gay life還有更大的空間，他所認識的新朋友，人人都有更高的野心目標與更複雜的盤算……

他雖無緣認識時尚名流，但卻和當時正要嶄露頭角的麥特上了床。

老牌《紐約》雜誌選出廚藝界被看好的二十位明日之星，麥特名列榜上。麥特總說他們不能正式交往，因爲他的事業正要起步，不能公開性向。兩人暗中交往了近一年，直到麥特和同樣被看好的後起之秀，百老匯音樂劇演員迪倫又上了《紐約》雜誌，這回是「同志婚禮」專題。

什麼不能出櫃原來是屁！一不小心在廚房工作時割破了手，竟被比利時大師立刻炒了魷魚。新婚的麥特來電邀請他參加新居派對，聽到這個消息只有冷冷的一串反譏：你怎麼這麼搞不清楚狀況？你不知那傢伙是恐同混蛋嗎？你讓自己在廚房裡流血？你處理的是食物喔，他一定怕死了認爲你有AIDS什麼的，正愁找不到機會開除你呢！

同志婚姻！麥特跟迪倫，他們簡直把這檔事當成了自我宣傳的工具。丹尼劉忿恨難平，卻仍然答應了參加麥特的新居派對。

圈子裡的遊戲規則一直在演進突變，他從網路世代的視訊調情開始，認眞地學習如何掌握最酷最新的約會方式；他不害怕一次次修正自己的價值觀，努力迎向當道的主流變化。當有人喊出post-gay後同志時代來臨，他立刻開始融入非同性戀非異性戀的無標籤心態；同志平權運動反撲打倒了無標籤背後向異性戀社會靠攏的心態，他也立刻改弦易轍支持強調同志文藝復興。現在同志婚姻合法了，一切又要洗牌重來，他又感覺得重新定位自己的需要。

這個派對必須去，去觀摩以婚姻爲前提的交往方式有什麼不同，並期望認識下一個可能的對象，雖然他被麥特如此中傷。沒想到在派對當天警察通知了他大寶的死訊。

再見到麥特已是兩年後，丹尼劉剛結束了戒毒課程，在一個晴朗的週日坐在中央公園的板凳上發呆，遠遠瞧見麥特與迪倫，兩人還推了一臺娃娃車。他們領養小孩的事已略有耳聞，物是人非莫此爲甚。

當下他只想跟一個人訴說那一刻的心情，知道只有那人會懂。一切都太遲了。他在朗朗陽光下面對著公園一望無際的大草坪抽噎不能停。

之前，在同志常出沒的地區經常看到張貼在路燈上的被害人照片，他都覺得是在另外一個世界發生的事。你最後一次看見這個人是何時？影印的小海報會這樣對著茫茫人海詢問。請問你有看見他與何人離開某某酒吧嗎？照片中人十之八九都是暗膚色的，非裔或西裔的年輕男孩。一個錯誤判斷，一夜情成了亡命路，這樣的事件近幾年裡層出不窮。

沒想到大寶有天會成了傳單上的亡魂，在他東村A大道的小公寓中被人雙手反綑勒斃。警方對於偵破這類的犯罪並不熱心，同志圈總是隱晦祕密如暗埋於牆中的陳舊電線交錯，匿名的交友方式讓每個亡者的生前資料如同空白，不肯放棄的被害人親友，最後只有靠自力救濟的方式發傳單、貼海報或下海打聽。丹尼劉不會忘記三年前的夏天，他孤軍穿梭於一家家酒吧，手中捧著一疊印著大寶相片的影印，企圖找尋任何蛛絲馬跡。明知道無濟於事，太多這樣的案子最後都不了了之。夜夜奔走到襯衣汗透，雙腿痠麻，無非是自我贖罪。甚至他挑的是一張他與大寶的合照，照片中的他還在廚藝學校，大寶也還沒有在低俗的小酒吧扮裝討生活。就算有人最後見到過大寶，照片中的人與死者早已判若兩人。下意識裡，丹尼劉抱著海報滿街跑並非相信可以逮獲嫌犯，而是他希望大家看到，他們曾經那麼青春，那麼親近……

落日餘輝中，和大寶當年曾住過的低價公寓赫然已在幾條街外。黑壓壓堆起的蜂巢箱，他那時總愛這麼形容。他就一直站在幾條街口外遠眺A大道上那棟破樓，無法舉步再更靠近。

一輛巡邏警車在附近徘徊，最後在他面前停下，從車裡走出兩個制服警官。

Sir，介意站到車子這邊來嗎？把手放在車蓋上。對。謝謝。……

Sir，背包可以讓我們檢查一下嗎？好。謝謝。有身分證件嗎？……

就這樣，沒事了。天快暗了，我們必須嚴加戒備，防止宵小或任何破壞性活動。Sir，祝你今晚平安……

老天！還好他今天沒帶大麻出門。心有餘悸，決定快速離開，折返，循著人潮路線下中國城，最後一次和大寶通電話時，他仍爲麥特只拿他當了一年打炮工具而從未想認眞交往而氣憤著。

大寶沒多表示意見。他越說越激動，問大寶可知一九九七年時一個叫安德魯庫納南（Andrew Cunanan）的菲律賓美裔混血謀殺了時裝大師凡賽奇（Gianni Versace）?在電視上看到這個犯罪檔案節目讓他大受啓發。安德魯還殺了其他四位包括建築師在內的白領高薪者，最後在FBI的追捕下飲彈自盡。這樣一個出身低下的gay竟然能打進了凡賽奇的生活圈？一代時尚教父是這麼死的，爲什麼以前都沒聽說過？

丹尼劉滔滔不絕對著電話那頭的大寶繼續發表他的凡賽奇理論。只有在gay life地下化的時代，才可能出現這種跨越階級的交媾。現在誰最受保護？全他媽是那些白種有錢人！他們可以結婚、可以置產、可以領養，還有錢打官司控告對他們有絲毫歧視的人。簡直就是一個公開的會員俱樂部，排除掉了所有不是他們一掛的！平民同志一個個練肌肉，比美色，因爲知道自己不是凡賽奇，得靠更多的包裝爲自己加分。凡賽奇這樣的極品太稀有，如能遇上一個凡賽奇，白髮凸腹根本不是問題！

聽到這兒大寶低聲地笑了起來。追求並沒有錯，我們都想要擁有更好的。只是到什麼程度才叫夠好呢？親愛的丹尼劉，對我來說，你就是我的凡賽奇——

行經雙子星世貿大樓的舊址，終於上了布魯克林橋。

——還有，我不會相信FBI的說法。那個可憐的Andrew，誰知道是不是FBI把所有這些同志謀殺都栽贓在他身上？誰想眞正費那個勁兒去調查同志情殺仇殺還是什麼殺的？我們死了，就像是擦過屁股的破抹布，拿著三呎長的桿子挑起來丟開就好囉——

一語成讖。回頭想起，讓他幾乎在悶溽無風的橋上瑟顫。

越走越暗，光線一絲絲遁去。世界像一個垂危的老人，沉痾的昏黃，瘀毒的陰藍，終轉成了灰燼的死黑。

黑夜像是一個巨大的怪獸，直追橋上驚慌趕逃的百姓。能逃到哪裡去呢？如果躲進家中仍是像被吞入怪獸的腹中只有一片黑暗？

這一晚連月光都無影蹤。

回到住處時一身的汗與土，彷彿是黑暗這個怪物遺留在他身軀上的排泄。他不管桑多斯先生停電亦會缺水的警告，先摸黑沖了一個澡再說。沒點蠟燭，洗過澡後他就在黑屋裡靜坐著。天空的黑地面的黑空氣的黑靈魂的黑已經是一片無法分界的狀態。他感覺自己漸漸已失去了方向感，浴室與大門的方位已不存在，甚至連四面牆壁也都融進了無盡的黑裡。

無光的世界其實是存在感的消失。如今讓丹尼劉還知覺自己存在的，是悶熱的暑氣。黑包裹著他，黑暗中有上萬個看不見的毛孔，貪婪地張闔著排吐溽熱的呼吸。

黑，不是視覺的無光。黑變成了一種粗糙的觸覺，原始而野蠻，要鑽進人的心裡去。

他絲毫未因今晚的天地變色而感到驚恐；相反的，他有一種平靜的歸屬感。他在這種無光的狀態中摸索很久了，這才是他一直所認識的世界。現在他知道，這座城裡的人也正經驗著同樣的存在，一種沒有原因、沒有答案、沒有外界訊息引導的消耗與等待。

整個城市都在死亡中。倖活下來的都退化成了窸窣爬動的蟑螂，不敢驚動正在監視著自己的那股巨大無形的力量。

沉入再沉入，終於沒入了宛如死亡的寂黑裡。他今晚甚至不打算服用他的抗憂鬱劑。如果世界能維持無光的現狀，他也許比任何人更正常甚至幸福，終於這個世界成爲了他熟悉的樣子，依循的是他的規則而再不需他賣力摸索追逐……

不知過了多久，他的聽覺接收到了訊號。黑暗中無法當下分辨聲音是從哪裡傳來的，甚至懷疑是他自己的幻聽。

那聲音繼續著，好像從門外——不，就是在他的公寓門上。金屬銼刮的聲音。

是宵小趁黑闖空門嗎？但是竊賊應知這一區住的都是窮光蛋。丹尼劉起身，朝他記得的門之方位移動了幾步。他聽見在黑暗中有一串鑰匙晃動發出的聲響。

有人在摸黑試用鑰匙，想要進門。

他全身僵直地在原地愣了數秒，直到門被打開，一道手電筒光束射了進來。

什麼人？你爲什麼會在我家？

丹尼劉舉起右掌擋住刺目的光線。太可笑了！我本來就住在這裡，我才要問你是誰！

人影一個箭步鑽進了門，差點把丹尼劉撲倒在地上。

一個近五十歲也像他一樣黃皮膚的東方人，口音聽得出來並不是土生土長的美國人。那人揮動起手中電筒的光，掃射房裡的各處。我的家，我住在這裡的，怎麼會……他不住地喃喃自語，直到電筒停留在牆上一幀男體的黑白攝影作品海報上。啊——你也是！他轉過電筒直照丹尼劉的臉：快逃！否則來不及了！我是來通知你們的！

一個精神有問題的流浪漢，丹尼劉心想。停電之夜什麼怪人都有。也許是警戒系統中斷，這個傢伙不知就從哪個療養院跑了出來。或許動物園的柵欄也都失靈了，此時野獸們正一隻隻在黑街暗巷中遊蕩也說不定。

你沒有聽見我說的嗎？他們要來了！他們要來了！

可憐的移民，在美國孤單一人就瘋了。丹尼劉讓自己先穩住情緒，萬一激怒了這個不知何方的神聖肯定是自找麻煩。喂喂，你慢慢說，不要緊張。好嗎？我叫丹尼，你好？

你好——那人瘦削的臉龐上一雙大而無神的眼睛骨碌碌轉動著。我叫李。我有鑰匙。我眞的住在這裡。

也許，他曾經住過這裡。丹尼劉開始翻找抽屜，摸到了半包用剩的生日蛋糕小蠟燭。李，你能說出你已經在這兒住了多少年嗎？

那人答不上來。蠟燭的光讓氣氛暫時緩和了些。李，聽我說，你不要害怕。你需要什麼東西嗎？喝點水？還是想吃點東西？——

丹尼劉趁對方不注意時，輕緩而溫柔地取下那人手中的電筒，放在一旁的餐桌上。現在他看得較清楚這個顯然是暗夜裡走失的闖入者是什麼模樣。也許他實際年齡並沒有看起來那麼老。瘋狂讓人多了一種被過度燃燒的形容枯槁。頭髮灰白欠修整，一件寬鬆的大汗衫，就算他有暴力傾向，應該也不會在某個看不見的口袋裡藏了一把槍。

丹尼劉同情地望著這個也許跟他一樣孤單的男人。

那人困惑地注視著暗影中的丹尼劉。

你沒有聽懂我在說什麼嗎？停電了！整個曼哈頓、布魯克林、皇后區、史坦頓島都一片漆黑了！他們要開始行動了！年輕人，你以爲這場停電只是偶然的機械故障嗎？我的警告你一定要聽。我還得去通知更多的人——他們今天晚上就會出動——不！應該說，這個行動之前已經在進行了，不過都是零星的比較沒有人注意——今晚，今晚所有的燈都滅了，他們才好集體大規模地執行任務——我們就是他們任務的對象！Gay massacre！就像種族屠殺一樣！這次的對象是我們！你從來不知道他們的陰謀嗎?!

丹尼劉怔怔坐在老人的對面，感覺一陣椎心刺痛。原來如此。他深吸一口氣，盡量維持著溫和友善的語調。喔謝謝你，謝謝你通知我。想起來背包裡有從餐廳帶回來的麵包與燻鮭魚，他起身去廚房。叫李的迷途客縮著肩膀蜷進了牆角窩藏，眼神中透露出驚恐，像被捕獸器困住的狗兒不安地扭動著身軀，從喉頭不斷發出低沉的自語。丹尼劉雖聽不懂每個字，卻驚訝地發現他說的是中文。沒有……我不知道……小心小心……丹尼劉這才注意到在李過短的長褲下，左小腿正在流血。

你不要怕，我只是去幫你弄點食物。餓了吧？

食物……食物……那人咬起自己的大姆指重覆著他的話。

微弱燭光映照在廚房的玻璃窗上，一抬眼他被自己的影像嚇了一跳。這個人看起來是多麼的憂傷。他心想。如果，這個從黑夜中來的迷途客發出的警告爲眞，丹尼劉相信，所謂滅絕陰謀的參與者中必有不少是自己人。被傷害後學會了如何傷害，被欺騙後心安理得開始說謊。將失望歸咎於付出，用暴力遮掩起傷口。死了多少同志又與自己何干？爲什麼連凡賽奇的死都可以被遺忘？難道上個世紀的悲劇在這個世紀就不會再發生？惡性的輪迴不曾停止轉動。當安德魯朝凡賽奇撥下扳機的那一瞬，他還眞以爲對他的族類發出了驚世天啓？殺了一個凡賽奇又如何？我們死了，就像是擦過屁股的破抹布，拿著三呎長的桿子挑起來丟開就好。繼續相殘吧，爲情爲財爲色爲寂寞爲無知爲恐懼爲自己也不想活——

丹尼劉在牆角蹲下，看著那人飢餓地大口嚼食他克難做出的三明治。你一直在逃嗎？他問道。你知道哪裡有安全的地方嗎？

叫李的流浪漢癡張著口，露出嘴中滿塞的食物。他想了想，用中文說出兩個字：這裡。

丹尼劉聽懂了。

午夜剛過，在遠處的某個空地上果眞揚起了一聲獸狺，傳進了丹尼劉最黑暗的記憶深處。

三天後桑多斯先生報警，他的員工從停電夜後就失蹤至今，撥打手機也始終空響無人接聽。

警方破門而入，屋內無人，也無任何被破壞或曾有發生過打鬥的痕跡。只有牆上一行歪歪扭扭、似乎是在黑暗中用簽字筆匆忙寫下的一個名字——

13

夜行之子

悲喜

nightly

你屬於過去。到此刻爲止的一切，我對你毫無隱瞞——今後的事，我一個字也不再多說。

——E.M.佛斯特《墨利斯的情人》

我們一直想跟你說，他在欺騙你。但是當時你已經失去理智，我們說什麼你都聽不下去……

朋友的聲調溫柔中帶著一絲同情。午夜的小酒館人已散去，CD最後一支音樂也告終了，突來的寧靜卻不平靜，在我內心仍有小小細雨澆淋。但是我已經學會在聽到你的名字時只頷首淺笑：謝謝大家的關心，我很好，沒事了眞的——

這一遍遍人前的演練，只是準備可能某一次不期然的偶遇，是爲了讓你看見，當面說給你聽：

我，很好。

我無法告訴關心我的朋友，我在用無理智的任性幫你掩飾你的欺騙。是我的虛僞還是虛榮？不能向他們或向自己承認，我以爲包容與容忍是同一回事，包容了你的欺騙後，我卻無法容忍自己的軟弱。

朋友又調了一杯Whisky Coke放在我面前，轉身不再打攪。

*

這段日子成了我近年來少有的一段無爲時光。

我開始覺得古老。我的靈魂在去年秋天以前如一座古老宅園，偶爾森木在風中窸窣發出聲響，卻仍不放棄豎起耳朵聆聽可有走近的跫音。

這個夏末，宅園又更荒蕪了一些，而我終於又重新踏入。聽見自己踩在碎石與落葉上的腳步聲，我又回到了古老，一種等待的狀態。

＊

情慾總是像在時代中流蕩的不滿足，欲慾而後寡歡。

我所追求的愛情向來古老，我站在一座白色大理石搭建而今塵污的廊簷下，等待你的到來。

取出書袋中的小說，總忍不住要再一次複習那故事的結局。啜一口酒，我聽見墨利斯說：

我知道你對我確實有關心，可是不值得一提，因為你並不愛我。

我執杯的手不禁顫抖，在墨利斯毅然轉身後。

他留下一撮花瓣，做為曾在此停留的唯一痕跡……克里夫終生不曉得墨利斯確實離去的時間。隨著進入暮年，甚至對於最後的談話是否發生過也沒有把握。藍屋發出微光，羊齒蕨叢搖曳著。他的朋友在劍橋校園裡朝他招著手，沐浴在陽光下……他不曾領悟到這是終結，既沒有黃昏，也沒有妥協。更料想不到今後與墨利斯再也不會相遇了。

應該是悲傷的結局不是嗎？每每讀到此卻並不感到椎心。因爲墨利斯終究站起來了，對他曾衷心服從等待的對象克里夫，點破了他其實心知肚明的這一段沒有結果的愛情。

閉上眼，二十歲的我在二輪片戲院的午夜場第一次與這個故事相遇時，看到休葛蘭飾演的克里夫回到妻子身邊，從窗前向黑夜的花園失神凝望，我不知究竟是該悲該喜……

*

散場了，戲院裡老舊座椅隨著零星觀眾起身而翻彈，痛苦的風濕關節嘎吱作響。被滷味雞骨爆米花醃了一天的地板在空調關機後大肆冒起酸汗。我窩在角落的位子上發愣，直到隱約感覺從另一個對角方向投來的注視目光。

小說家慈祥地微笑著。

你爲什麼會在這裡？

相對於我因電影攪亂的情緒，他似乎心情愉快，對於我的問題用反問作答：是你要我來的，你不記得了嗎？

我慌張地四下巡望，深怕場內還有其他閒人發現了我們之間奇怪的對話。

別擔心，只有等會兒我的其他一些朋友會來。他們有的都沒見過電影這玩意呢！我邀他們過來，你不介意吧？他們都很好奇我的小說怎麼能在兩個小時裡說完——不過我要說，有的還拍得眞不錯呢！

是的。我很喜歡根據你小說改編的這幾部電影。

不過剛才這部，結局的氣氛稍爲煽情了一些。克里夫選擇了他要的，並不會因墨利斯的離去而有那麼多情緒。在我的小說中，我安排的是一個幸福的結局哪！

幸福的結局？

是啊，墨利斯最後有了艾利克——

那只是虛構出來的，人世間有多少人有這種幸運呢？我忍不住抗議起來：你自己呢？你有嗎？

我四十三歲那年愛上一個埃及男子，他死了。五十一歲那年我再度戀愛，對方兩年後結婚了。然後我一個人繼續活到了九十一歲——

小說家定定地注視著我，一雙看盡一世紀的愛恨嗔癡與悲歡離合的眼睛剎那間懾住了我：我也許對社會失望、跟制度妥協，但是我沒有對愛情這件事失望過。

但是你從《印度之旅》後六十年，都沒再寫過另一本長篇小說。你可以再寫一本像《墨利斯的情人》這樣的鉅作，但是你沒有。你怎麼能讓我相信，你沒有對愛情失望？

即使我在一九一四年就完成了《墨利斯的情人》，這是本我生前不得見光的作品。你們現在很難了解那種苦處了。我寫了很多無法發表的短篇小說，就某方面來說，我寧願把力氣用在更有影響的地方。我相信愛情是人性中最高的價值之一，所以更需要人道精神來維護。也許我活得太久了，從十九世紀的性壓抑到一九六〇年代的性解放，但是一點也沒有改變我相信的事。我相信的愛情是能讓人堅強的，而不是讓人逃避墮落的。

你不埋怨？

我歷經兩次世界大戰，用我的小說批判了英國階級制度、殖民帝國主義，也曾爲《查泰萊夫人的情人》出庭辯護；也許，我可以做得更徹底一些，像王爾德一樣爲自己出庭，但是，我留下的是一部我相信能帶給後世希望的《墨利斯的情人》，而不是一樁血肉模糊的醜聞悲劇。

一個人活那麼久，是好事嗎？

小說家收起銳利的眼光：喔天啊，不要提醒我，我可好不容易過完了！

*

朋友來到我桌旁收走空杯，我惺忪著眼從趴伏在桌上的姿勢中抬起頭。還為這種事喝醉嗎？朋友略帶責備地丟下一句。

我慚愧地笑了笑，想說我沒有醉，我只是累了。

竟然天空已經透著淡紫的晨光。

我從我古老的莊園迴廊中起身，步下臺階。沒有人留下花瓣。

翻落腳邊的書頁映入眼簾：英國的空氣和天空是屬於他們的，並不屬於其他那幾百萬個膽小鬼。那些人擁有的是空氣混濁的密室，從未有過自己的靈魂……

如果能回到最後談話的那一夜，在雨中面對車窗緩降後出現的你那張臉，我應該對你說什麼呢？

我以爲不斷包容就能把你變成我想要的那個人，結果發現是我把自己變成了對你唯命是從的膽小鬼。

雨可以繼續下。你可以無視於我立在路邊踩下油門。然後，我會靜靜地在雨中走上一段。在未來的歲月我將不必害怕這段記憶的重現，直到暮年古稀之日。

（終）

跋

故事說完了，作者應該告退。只是十三年沒出版小說了，最後有幾句話還是想對讀者報告一下，假若他們有這個興趣想知道的話。

我既沒有封筆，也不算復出，亦非一本小書塗塗抹抹了十來年。這本書裡的一些角色場景十年來一直在我心底腦海，我只是一直在等待一個終於可以落筆的理由。

等待的理由之一叫自然，寫小說對我的意義終於只是想寫出來，而無關乎文學志業這種偉大命題，更無所謂技巧或題材風格，只須跟著體悟感動走就好。

等待一種理由叫自得，寫出來只是對自己某人生階段的一種放下，然後繼續前進。

最後等待的理由是自信。慶幸經過了等待，人生的轉折滄桑自成辯證，不須翻閱抄述典籍爲作品加持。我已爲九一一寫出了一本英文論著，爲哀悼寫下了一部整年的日記。然而都不夠。我最後還是得回到小說，因爲小說才能讓我的人生再往前一步，只有在說故事中我看見了未來。

文學需要生命的驗證，簡單來說我相信的就是這句話。藝術除了激情演出的憂鬱孤獨吶喊外，還當有平靜寬容與同理心，如家長擁慰著困惑哭泣的孩童。

有了生命中更厚實的底色，深沉華麗繁複的意義自在話語中，而不再是迂迴堆砌的拼圖。不要忘了我們用的是象形會意假借轉注的文字而非拼音符號。

西方作家講了一堆敘述的困境，有時只是因爲他們的語言做不到。華文小說應該找回自己的敘事風景。

而這，只是風景的一角。

【附錄】

夜行之子的除魅旅程

——專訪郭強生

孫梓評

午後，城中市場周邊。

微暖的陽光照落，行人不急著趕往何處，也許剛悠閒完成一頓午食。我也混身其中，穿越幾間節奏寫意的店家，抵達時，咖啡館內大聲播放流行歌，窗外是博愛路，不遠處是一九〇八年即落成的公園，再遠一些，則是歌頌過也撻伐過領袖的廣場。在此進行訪問，似乎是一個再適合不過的地點了——也許待天色稍晚，故事裡的人，便會快我一步掠過剩餘秒數不多的綠燈，繼續他們未了的人生；沒被寫進故事的人，或許是幾個青春的孩子，則漠著臉穿越春天，轉乘捷運或其他。

時間總繼續流動著。

而我靜靜等待，哐噹一聲，門被推開，一身紳派氣味、西裝筆挺的郭強生，戴著他的凡賽奇眼鏡走來。

從「在美國」到「在臺灣」

二〇〇一年九月十一日上午十點過後，上百架航班臨時迫降安克拉治機場，航廈內擠滿上千位旅客，慌亂情狀猶似戰時。旅客的其中一位，是郭強生。原定前一天深夜出發的客機，臨時機械故障，延遲起飛；於是，沒有早一步，也沒有晚一步，就恰恰好遇上了九一一事件。這一段親身經歷亦被他轉用，寫成〈迴光〉一篇。事實上，睽違十三年，郭強生的最新短篇小說集《夜行之子》，正是環繞著九一一揭開序幕。

那是他返臺任教職的第二年。當初決定離開，因爲漸漸覺得「Something is wrong」。負笈美國多年，取得紐約大學戲劇博士後，郭強生自忖，「我不是來享受美國的進步、物質、制度，而是藉此大量吸收文學、藝術，既然我感到一種不太對的氣氛，眞的要繼續待在這邊嗎？」

另外，他也深深認同帕慕克（Orhan Pamuk）所說的，「西方世界雖然很好，但我只能有一個中心，那就是土耳其。」身爲創作者，久居異鄉，沒有一處可以眞正關心的「地方」，既寂寞又唐突。「人家的中心，你永遠進不去的！我很難理解有些人住在美國，卻又並非過著美國人的生活；關心臺灣，卻又沒辦法親自參與。」對他而言，那個**中心**很重要。

於是，他的人生，從「在美國」變成「在臺灣」；從紐約，移轉到花蓮，參與東華大學創作與英語文學研究所的創立，「離開臺灣十多年，再回到臺灣，我發現，好的讀者，比好的作者更被這個市場迫切需要。」

不只是一座巨塔的毀滅

十多年來，郭強生致力教導學生「如何提高閱讀的視野」；發表論文；出版多本散文集，涵括書評與日記；翻譯、撰寫劇本，還製作了兩齣戲……唯有書寫小說一事，步伐漸緩。

「這十年，是一次大盤整。」他說得坦白，但嘴角帶著笑意。「我覺得三十五歲到四十五歲，是人生中很精采的十年，問題在於，自己有沒有勇氣去修正過往所相信的事？」

什麼是過去相信的事？對於小說的想像？一份對於世界的理解？他久居多年的曼哈頓，一朝傾城，想必不僅是一幢高樓的瓦解，怕也是一個創作者面臨人生板塊的強震。

關於九一一，〈迴光〉裡不無惆悵地寫到，「電視上反覆播映著雙子星大樓於濃煙中如餅乾一樣脆弱崩塌成粉屑的畫面。那不只是一座巨塔的毀滅，對我而言，那是另一個世界的入口從此被封死。」但，警醒伴隨感傷發生，「在看見它一秒鐘前晶石般閃耀在陽光下、一秒鐘後飛灰煙塵的頃刻，咒語破除了，這個世界應該有的規則霎時都回來了，我又回到了眞實裡。」

郭強生說，「當一個你覺得絕對不可能垮掉的東西都垮了，我個人的除魅也開始了。」

於是，開始有幾個角色在他心中盤桓：也許是一個專攻英國維多利亞時期小說的文學博士（他同時是屏東外省老兵之子）；也許是一個一心要躋身華爾街上流社會的白領臺灣人（他後來和白人同組家庭，還共同撫養人工受孕混血兒）；也許是某中餐館的外送小弟（他曾是臺灣知名唱片宣傳，只是遇人不淑，最後行蹤成謎），也許是渴望獲得臺詞的新進演員（爲了演出一齣正式的電影，他跑了好多年龍套）……他們都像遊魂，飄蕩在「後九一一」的新世紀，等待作者「看得夠多、修正得夠多，眞正找到一個著力點」，將角色化爲有血有肉的人。

對比一九九〇年代迄今，臺灣政治與社會的除魅化工程，此一層「個人的除魅」，使《夜行之子》一書更顯趣味盎然。

當眞實再被啓動，郭強生強調，「小說不是技能與手法的展示，我不願像某些文學作品使用概念式、知識分子語言式的除魅，反而是由普通小人物的故事切入，用他們來反映人生這個大型的迷宮拼圖。」

小說家是爲社會而活的

常常，作者藏在故事背後的龐大迂迴，除了拼貼以個人經驗的感悟，必然也與他坐臥行經的斯土，有著高度互動。因爲，「小說家個人的生命，跟所有人的生命一樣，其實也無甚出奇，小說家應該是爲社會而活的。」

回到臺灣，郭強生游走學院與劇場間，入世且熱情。他發現，解嚴後，各族群有其發言空間，卻顯得無所適從。「如果，臺灣在剛解嚴時，像一個年輕人，激情吶喊，二十多年過去，現在也該是一個將邁入中年的人了，某方面的心智卻彷彿還一直停留在當年。」

更使他困惑的是，大家拚命想把臺灣套進已存在的論述：套進東歐流亡的論述、套進非洲的後殖民論述、英美的後現代論述……問題是，那些是他人走過動盪所濾得的智慧。屬於我們自己的呢？

〈放生〉一篇，就直截觸及了此地的政治現實。兩名男子公園偶遇，藉由交談，從彼此垂老的臉龐中摸出往事的輪廓：三十年前一場民歌演唱會上相遇、熱戀、仳離，曾熱切相信的眞理與愛都已凋萎，身分甚至幾經變易、翻轉，而附近廣場上抗議聲浪喧騰未歇——

「我特別想指出那種牆裡牆外的幽微。」郭強生說，「在這篇小說裡，哪一場抗爭，哪一個公園，我都沒有指明，就像所有標籤來來去去，時移事往，當初執著過的，仍需要一再回顧反省。」

他再舉美國爲例，「當年的嬉皮，後來也歷經左派、右派的辯證，但現在臺灣變成是選定邊後，就各執己見，永不換線。」因此，閱讀此書，也像閱讀眾生相，「每個社會都有太多的矛盾弔詭，如果不是透過小說藝術，眾生之苦困其中，其實無法好好說出。靠媒體，更不可能。」

要說出他者的故事

整本《夜行之子》，從第一篇將主角設定為二十二歲，慢慢往下讀，最後一篇登場的，是活了九十一歲的E. M.佛斯特（Edward Morgan Forster, 1879-1970）。「書寫，是我認識時間的方式。」

與某些小說家相較，郭強生向來注重故事，「我說故事，是想在故事中說出一種可見的未來，而不只描述現實的支離破碎。」讀著這些由他十年釀成的世界，而感覺痛，感覺爽快，感覺內裡某些陰暗被窺見。在這冊新作，他也展現跨類型的企圖：一點淡淡的推理意味，比如〈替身〉；或是別開生面的靈異驚悚，比如〈轉世〉。他說，「其實，所謂類型小說是後人從前人的大部頭作品中，偷出了一個類型，成爲一種公式，但若還原到整個小說藝術來看，把人生寫足了，自然有驚悚，自然有推理，自然有靈異。所以我故事裡的懸疑，不是寫作手法故用的懸疑，而是人生的懸疑。」

除了故事好看，書中文字亦精準，美麗。不僅於此，多篇小說裡更暗嵌最生猛的語言，「**反正就是要臺一定要臺我沒法跟外省人打炮**」，「**你是什麼變態！你摸我？我肏你媽雞巴！你爸讓你這樣亂摸的？**」

同樣攫奪閱讀者神經的，還有穿插於篇章間，弧線般連貫而成的獨白體小說：〈猥褻〉、〈情人〉、〈情史〉、〈邊緣〉等多篇，除了以精緻耽情的傾訴勾勒出一段「我不知道把自己放在哪裡」的情事；更透過第一人稱敘述與王爾德、莒哈絲、吳爾芙、普魯斯特的情人對話，質問了愛情，也質疑了書寫本身。

「我們常津津樂道某一些文學家的成就，但他們身邊的人所發生的故事，卻寡為人知。」郭強生思考著：何謂多元與他者？在文學的領域，正是那些不被看見的「他者」成就了作家。所以，「寫這本書時，我時時提醒自己，我是那個大事件旁邊的人，自己和那些他者是相通的。文學不是用來製造英雄的。我將我個人寫作的立場，透過這樣的手法做了後設的揭示，畢竟，我從不覺得主角應該是作家自己。對他者的同理心才是每一篇故事的主角。」

藉同志暗喻族群的可變性

也是第一次，郭強生整本小說都以同志為主要角色。「當殖民來到後殖民，現代轉為後現代，人們有變得更安定、更快樂嗎？」就連女性主義也彷彿陷入某類僵化的此刻，「還有一個族群仍流動著、未凝固，仍可以藉他們看見所有其他人的縮影，那就是同志族群。」

過去同志小說的表現，往往寫及遭異性戀壓迫，或是無法「現身」的為難，如今瑞奇．馬丁（Ricky Martin）幸福出櫃，時尚大師卡爾．拉格斐（Karl Lagerfeld）發言反對同志婚姻，「然後呢？」

我們能否看見一種眞正的對話，或是進化的可能？

「美國同志是否可以結婚一事，簡直在美國大選裡，分裂了整個選票。弔詭的是，同志眞的需要婚姻這個『制度』嗎？如果它是一個夠好的制度，爲什麼仍充滿各種問題？」是以，在〈迴光〉裡，看似完美的「美國」同志家庭，撐不過一個煙火夜晚；而將時間設定爲未來（至少是五年後）的〈凡賽奇之夜〉，更假定美國同志婚姻已經合法，但是暗夜中行走的人，用盡各種努力，仍惴惴不安——因此，那份「無法轉世」、「尋找替身」的鬼氣森森，才如影隨行埋伏於整本小說的字裡行間吧。鬼與男同志，既想被看見，又怕被看見。有趣的是，這不也正如臺灣，一直在模仿，並試圖替換自己的身分？

就像〈凡賽奇之夜〉裡，試盡方法、想要獲得**中心**垂憐的主角：

「他不害怕一次次修正自己的價値觀，努力迎向當道的主流變化。當有人喊出post-gay後同志時代來臨，他立刻開始融入非同性戀非異性戀的無標籤心態；同志平權運動反撲打倒了無標籤背後向異性戀社會靠攏的心態，他也立刻改絃易轍支持強調同志文藝復興。現在同志婚姻合法了，一切又要洗牌重來，他又感覺得重新定位自己的需要。」始料未及地，他卻在最**邊緣**的人身上獲得了安慰。

這些故事，似乎也暗暗傳達某一種「家」的渴望？「只要是人類，都會渴求一份安定、一個團體。但這東西不是別人可以給你的，你做很多事情讓自己看起來有個家，跟你得到一個精神上的家，在意義上並不相同。」

郭強生說，他並不討厭中年。中年的性欲、中年的肉體、中年的愛情……種種誠實又袒露的觀察，見諸〈君無愁〉、〈轉世〉、〈替身〉等篇，並未遺有傷感的擦痕。就像，當訪問結束，他隻身站立西門町，滿街行人穿梭，年輕男孩女孩譁笑經過，完全無礙於攝影師捕捉他眼神中那抹凝視世界的自信。

「如果只看自己失去的，不看獲得的，自然會覺得青春逝去，多麼惆悵。但是到了中年，開始有能力影響社會，甚至傳承。而且眞相會慢慢浮現，就看你敢不敢看。」

很快地他又說，「能夠知道眞相是什麼的人生，才是眞正的自由。」

聯合文叢 484

夜行之子

作　　者／郭強生
發 行 人／張寶琴
總 編 輯／李進文
責任編輯／黃榮慶
資深美編／戴榮芝
校　　對／蔡佩錦　郭強生
版權管理／黃榮慶
業務部總經理／李文吉
行銷企畫／許家瑋
發行助理／簡聖峰
財 務 部／趙玉瑩　韋秀英
人事行政組／李懷瑩
法律顧問／理律法律事務所
陳長文律師、蔣大中律師
出 版 者／聯合文學出版社股份有限公司
地　　址／臺北市基隆路一段178號10樓
電　　話／(02)27666759轉5107
傳　　真／(02)27567914
郵撥帳號／17623526 聯合文學出版社股份有限公司
登 記 證／行政院新聞局局版臺業字第6109號
網　　址／http://unitas.udngroup.com.tw
E-mail:unitas@udngroup.com
印 刷 廠／瑞豐實業股份有限公司
總 經 銷／聯合發行股份有限公司
地　　址／231新北市新店區寶橋路235巷6弄6號2樓
電　　話／(02)29178022

出版日期／2010年5月　初版
2017年7月7日　初版四刷第一次
定　　價／300元

ISBN 978-957-522-878-1（平裝）

國家圖書館出版品預行編目資料

夜行之子 / 郭強生著. -- 初版. --
臺北市 : 聯合文學, 2010.04
288面，14.8×21公分. --（聯合文叢；484）

ISBN 978-957-522-878-1（平裝）

857.63 99004218